On ne va pas se raconter d'histoires

DU MÊME AUTEUR

La Patience des buffles sous la pluie, *Bernard Pascuito éditeur, 2009 ; Le Livre de Poche, 2011. Prix Découverte 2009 de la fondation Prince-Pierre-de-Monaco*

Un silence de clairière, *Albin Michel, 2011. Prix Orange du livre 2011. Prix Louis-Barthou de l'Académie française 2012*

Je n'ai pas fini de regarder le monde, *Albin Michel, 2012*

David Thomas

On ne va pas se raconter d'histoires

Stock

Illustration de bande : © Robert Daly/Getty Images

ISBN 978-2-234-07804-8

Pour Charlotte,
qui rend ma vie
souple, facile et lumineuse

Sort-on jamais de nos montagnes

On passe sa vie à tenter de se rencontrer soi-même alors que nous portons en nous nos propres obstacles. On attend ce moment dont on est sûr qu'il viendra un jour, où l'homme que l'on s'est projeté rejoindra celui que l'on est. C'est le travail de toute une vie.

Et pendant tout ce temps, je me fais l'effet d'un rongeur qui parcourt les galeries d'une montagne pour trouver la lumière. Parfois, un rayon traverse la roche fendue ou une cavité, je m'arrête alors sous le halo et regarde en direction de ce ciel éblouissant, et puis, parce qu'il ne faut jamais renoncer pour sortir de soi-même, je me remets à ramper dans ces boyaux sombres et humides. Je prends des tunnels sans savoir où ils me mèneront, j'emprunte des directions avec l'espoir que mon salut est devant moi, je m'enfonce en croyant m'éloigner de mes peurs, de mes doutes, de mes appréhensions, de ce qui me fragilise ou me contracte. Avancer, il n'y a que ça à faire, avancer, poussé par l'instinct de ma propre race. Alors je continue.

Je continue, mais sort-on jamais de nos montagnes ?

Pistolet à eau

Aujourd'hui j'ai passé mon après-midi assis sur le canapé du salon, un pistolet à eau à la main. Toutes les cinq, dix minutes, j'ai aspergé le chat d'une petite giclée en cachant aussitôt le jouet sous un torchon. Chaque fois, le matou se dressait brutalement sur ses pattes pour se demander ce qui lui arrivait et d'où ça venait. Il regardait autour de lui, faisait un petit tour sur lui-même, puis se remettait en rond sur le fauteuil pour reprendre sa sieste. Et hop, une nouvelle giclée. Et hop, à nouveau dressé, le regard incrédule et la queue qui se balance nerveusement pour exprimer son agacement, puis à nouveau lové sur le coussin. Je ne sais pas combien de temps ce manège a duré mais, bien qu'il ait changé de place deux ou trois fois, cet imbécile n'a jamais compris ce qu'il se passait.

Je me suis bien amusé.

Cinq minutes avant que les enfants ne rentrent de l'école, j'ai allumé mon ordinateur et je me suis mis à mon bureau. L'aîné a passé la tête pour me demander si j'avais passé une bonne journée.

– J'ai bossé, mon grand, j'ai bossé...

Je ne suis peut-être pas un bon écrivain mais j'essaie d'être un bon père.

La trique

– Tu vois, là, ce truc qui bouge tout seul dans mon maillot de bain, ce petit animal qui veut sortir de sa cage ? Ça s'appelle une trique.

– Oui, je connais.

– Tu dis que tu connais, moi je dirais plutôt que tu as connu. Nuance.

– Oui, je connais moins, ces derniers temps, j'admets.

– Eh bien ! figure-toi que si, toi, tu connais moins, moi je connais tout comme quand j'avais vingt ans, si tu vois ce que je veux dire.

– Si je comprends ton raisonnement, ta trique, elle aimerait bien de temps en temps aller voir un peu par là si j'y suis.

– Exactement. Et tu y es pas souvent.

– On va pas tourner autour du pot. Tu me désires, c'est ça ?

– Bingo ! Comme au premier jour, c'est pas beau ça ?

– Pourquoi tu me désires ? Je veux dire pourquoi moi ?

– Ben… parce que t'es ma femme, t'es là avec moi, en maillot de bain sur une plage…

– Y en a d'autres qui sont en maillot de bain, et qui sont plus jeunes et plus belles que moi, tu l'admets ?

– Oui, je vais être honnête, il y en a plein d'autres qui sont désirables.

– Alors pourquoi tu vas pas les voir pour leur dire que tu les désires ?

– Ben parce que t'es ma femme, je vais pas te tromper.

– Mais si j'étais pas là, t'irais les voir ?

– Ben, si j'avais le choix.

– Disons que t'as le choix.

– Alors j'irais.

– Tu m'aimes ?

– Pourquoi tu me demandes ça maintenant ? Tu le sais bien.

– Tu m'aimes ou tu me désires ?

– Mais enfin… les deux.

– Mais là, au moment où on se parle, tu me désires plus que tu m'aimes.

– Là, tout de suite, c'est vrai, je suis plus axé sur le désir, comme tu peux en juger par ce qui se passe dans mon maillot de bain.

– Oui oui, d'accord, mais tu me désires parce que tu m'aimes ? Ou tu m'aimes donc tu me désires ?

– Hein ?... Ben c'est pareil.

– Non c'est pas pareil, justement. Moi je voudrais savoir pourquoi tu me désires moi et pas la jeune fille en string bleu là-bas.

– Ben parce que... je... je sais pas... Parce que t'es ma femme.

– Donc c'est par habitude, ou par facilité.

– Mais non pourquoi tu dis ça ?

– Ma question c'est : qu'est-ce qui provoque ton désir ? Moi ou une pulsion sexuelle ?

– Mais je sais pas, c'est...

– Eh ben il faut savoir.

– ...

– T'as trouvé ?

– Ben non. Tu m'embrouilles avec tes questions, c'est malin, maintenant je débande.

– Voilà. Ça va mieux ? Allez, lis ton livre, je l'ai lu, tu verras, c'est très bien.

L'essentielle ossature

Chaque fois que je déménage, je donne un bon tiers de mes livres. Et chaque fois que je déballe mes cartons et remplis ma nouvelle bibliothèque, je me dis que j'en ai toujours trop. Pour ce nouvel appartement, je suis passé de 28,62 m à 21,86 m. Presque sept mètres de gagné. C'est bien moins que ce que je fais d'habitude. Une fois que je les ai eu tous rangés, elle est venue dans mon bureau et elle m'a dit : C'est une belle bibliothèque d'écrivain. Cette phrase m'a tourné dans la tête toute la nuit. Ce matin, après mon café, je suis allé acheter de gros sacs-poubelle, ceux qu'on utilise pour les gravats. Je suis rentré chez moi et j'ai commencé à les remplir. Deux heures plus tard, il ne me restait plus que quatre-vingt-seize livres, soit 1,83 m. Ma taille. Ne garder que ce qui structure. L'essentielle ossature.

Sans réponse

Depuis trois jours j'ai laissé un message à mon meilleur ami, relancé un ancien employeur qui me doit de l'argent, envoyé des mails à deux metteurs en scène, à la rédactrice en chef d'un journal qui m'a demandé un papier, à une comédienne et à la graphiste avec qui je fais un livre. J'ai appelé mon fils, un copain espagnol à Madrid, un autre chômeur, un vieil oncle sourd qui n'a ni répondeur, ni internet, ni téléphone portable, un partenaire de tennis, et même ma banquière. Personne ne m'a répondu. Il y a des semaines, comme ça, où les gens n'ont pas le temps. J'ai quand même attrapé l'annuaire et choisi un nom au hasard. Elle s'appelait Madeleine Van Den Bussche, Paris 15e. C'était manifestement une très vieille dame, elle n'entendait rien de ce que je lui disais.

Cartes de visite

C'était sur une plage mixte et il y avait à peu près autant de gens nus qu'en maillot de bain. C'était un endroit assez sauvage où les premiers voisins de serviette étaient à cinquante, soixante mètres. Je m'étais mis tout au bout, à l'extrémité nord et, en passant devant les trois jolies filles en bikini, je n'avais évidemment pas pu m'empêcher de les zieuter discrètement derrière mes lunettes de soleil en faisant mine d'admirer les lentisques. Je me suis installé et puis je me suis enfoncé dans mon livre. Il est arrivé au bout d'une demi-heure environ, avec seulement un paréo autour de la taille, sans serviette, sans sac, rien. Je l'avais vu au chiringuito où j'avais déjeuné, un bellâtre italien que la nature n'avait pas raté. De longs cheveux noirs lissés en arrière, une carrure solide et mince, des épaules larges et un buste sans une once de graisse. Tout ça bronzé comme le cuivre. Il s'est approché jusqu'à trois mètres des filles qui ont continué à discuter comme s'il n'était pas là. Et puis, tout d'un coup, il a fait glisser son paréo et, à poil comme au premier jour, il est allé piquer une tête. Il a barboté dans l'eau dix minutes sans quitter les filles des yeux et il est revenu s'asseoir dans le sable à côté d'elles. Il ne s'est pas fait attendre pour les aborder. J'étais trop loin pour entendre ce qui se disait mais, manifestement, le type savait s'y prendre puisque les filles semblaient tout à fait apprécier sa conversation. Je les voyais qui riaient la tête en arrière, étendaient leurs jambes comme quand on est à l'aise, remuaient les bras... Lui il s'est levé et, les mains sous les aisselles, les jambes écartées, avec tout le matériel en exposition, il s'est clairement placé face à elles pour papoter le plus naturellement du monde. Je n'en revenais pas. Et ils sont restés à discuter pendant une bonne demi-heure comme s'ils se connaissaient depuis l'an deux. J'étais tellement impressionné par la facilité avec laquelle ce type avait abordé ces filles que je n'arrivais plus à lire. Et puis, au bout d'un moment, elles ont rangé leurs affaires et se sont apprêtées à partir. Et là, non seulement il leur a claqué deux belles bises à chacune, mais ce qui m'a carrément fait me redresser et m'asseoir, c'est que je l'ai vu leur tendre trois cartes de visite. Je n'avais pas rêvé, ce gars était arrivé sur la plage avec juste un paréo ! Mais d'OÙ elles sortaient, ces cartes de visite ?!

Pilote automatique

Les enfants sont grands, la maison est payée, les objectifs sont atteints et les échecs digérés, on sait qu'on ne peut rien pour qui que ce soit et que, pour ceux qui en ont besoin, il suffit d'être là de temps en temps et de prêter l'oreille. On sait que tout recommence et que rien ne s'achève vraiment, on sait qu'il est plus efficace de se taire que d'essayer de convaincre, qu'il faut laisser aller ceux qui s'en vont, laisser parler ceux qui ont à dire, que le monde se transforme sans nous et que l'on ne changera rien ni personne. On ne ferme pas vraiment sa porte, mais elle n'est pas grande ouverte non plus, entrebâillée, pour signifier qu'il ne faut pas déranger, que seuls les vieux amis sont invités à la pousser, ceux avec qui il se dit autant de choses dans le silence que dans le bavardage. On se préserve des ennuis parce qu'ils ensablent de plus en plus les rouages de l'existence, alors on les évite, on entreprend de moins en moins pour ne pas tenter le diable. On met entre les autres et soi une distance de sécurité, pas trop près, jamais plus trop près. Après avoir tiré, mené, contrôlé, orienté, maîtrisé, tenu et contenu sa vie pendant quatre-vingts ans, vient un moment où on veut juste la paix, vient un moment où on veut juste se mettre en pilote automatique et se laisser porter à la surface de ce qui vous reste à vivre. Pas la peine de s'exciter, on arrivera tous au même port.

Velouté

Ça avait été une journée très dure. J'étais passé par trois chantiers, avais déchargé vingt-sept sacs de ciment de cinquante kilos, monté un mur de 3,67 m sur 4,28 m, étais passé à Ivry, à Saint-Germain-en-Laye, dans le 18e, et m'étais cogné deux heures de compta. Autant dire que, quand j'ai claqué la porte, j'étais essoré comme une serpillière. Elle m'a cueilli toute pimpante, du haut de ses jambes à talons aiguilles, maquillée comme un Van Gogh et plus décolletée que la mer Rouge qui s'ouvre devant les bras de Moïse. Elle était aussi vulgaire qu'un tripoux à la mode de Caen, mais un tripoux à vous faire monter le mât dans la seconde. Sauf que, ce soir-là, j'étais plutôt d'humeur à des patins sur le parquet, une choucroute bien garnie parce que toute locomotive a besoin de charbon, et un coma de dix heures, avec le bras qui pend hors du lit. La cuisine, c'est bien simple, c'était Fukushima, un bordel qu'une casserole n'en retrouverait pas ses petits. Elle avait dressé la table façon grand style, avec des bougies, des verres gravés et des petits pains à je sais pas quoi grands comme mon pouce. Ce qui m'a un peu inquiété, c'est quand j'ai vu que, sur la table, il n'y avait pas d'assiettes mais juste deux bols et deux cuillères l'une en face de l'autre. Elle m'a dit tu t'assois et moi je t'apporte le dîner. Elle l'a apporté. Une soupière. Quand elle a soulevé le couvercle, je me suis aussitôt demandé pourquoi. Pourquoi, au-delà de mille choses, les hommes et les femmes n'avaient pas le même estomac. J'ai demandé timidement ce que c'était. Et là, comme si elle m'annonçait l'entrée de la reine d'Angleterre dans le salon, elle a répondu : velouté de brocoli-pomme-coco. Cette femme-là, elle collait pas avec mon boulot.

Proposer

J'en ai marre que ce soit toujours moi qui propose. C'est toujours moi qui sollicite pour mon boulot, mes clients faut toujours que j'aille les chercher par la peau des fesses. Pour voir les copines, c'est pareil, toujours moi qui prends l'initiative de faire des dîners. Quant aux bonshommes, si je me mets pas là, bien en évidence avec ma proposition de nuit torride ouverte comme un sourire d'été, il se passe rien. J'en ai plein le dos d'être toujours le moteur de ce qui m'arrive, j'ai envie que ça vienne à moi un peu, histoire de voir quel effet ça fait.

Alors depuis trois semaines, terminé, je propose plus rien. Je suis là, c'est tout. J'attends qu'on vienne à moi. Je veux qu'on me désire et qu'on vienne me chercher. Je veux qu'on se donne un peu de mal pour m'avoir et me décrocher. Et depuis trois semaines, évidemment, rien. Pas un nouveau client. Pas un dîner à l'horizon, j'ai pas vu l'ombre d'un poteau, j'aurais pu mourir dix fois sans que personne s'en soucie. Et bien sûr pas un mec, pas faute de m'être mise en exposition à la terrasse des cafés ou au comptoir des bars du quartier. Mais rien. Enfin si, ce matin y a Pizza Machin qui m'a appelée pour me proposer une offre, trois Margherita pour le prix de deux pendant un mois. Seulement voilà, moi, à partir d'avril, je mange plus de pizzas.

Volonté

Ça y est ? Tu as pensé toutes tes horreurs, ça va mieux ? Je sais ce que tu t'imagines, et si je ne dis rien c'est parce qu'il n'y a rien à dire. C'est la faute au temps, c'est la faute au quotidien, c'est la faute au désir, c'est la faute au travail, c'est la faute à pas de chance, y a toujours une bonne raison. Toutes les raisons sont bonnes pour en avoir marre, pour céder, pour renoncer. Toutes, et aucune. C'est une question de volonté. C'est tout. On a la volonté ou on ne l'a pas. Et toi, tu ne l'as plus. Tu n'as pas perdu ton désir pour moi, tu n'as pas perdu ton amour pour moi, tu n'as perdu que ta volonté. Je t'aime d'une façon beaucoup plus forte et plus intelligente qu'il y a douze ans. Mais cet amour-là, il t'ennuie. Et ça, ce n'est pas ma faute.

Un autre homme

Je ne regrette pas de t'avoir rencontré. Je ne regrette pas les enfants, d'avoir renoncé à bien des choses pour les élever, d'avoir quitté ma ville que j'aimais tant pour que tu aies ce boulot qui te plaisait tant. Je ne regrette pas ces vacances chez tes parents, en Bretagne, même si, comme tu le sais, je déteste la Bretagne. Je ne regrette pas d'avoir fait pendant toutes ces années des dîners pour tes amis que je trouve un peu cons-cons, pas bien méchants, mais pas bien futes-futes non plus. Je ne regrette pas que tu m'aies trompée pendant six mois avec cette petite idiote, je ne t'en veux même pas, elle était très jolie et je l'étais nettement moins que lorsqu'on s'est rencontrés. Je ne regrette pas que tu ne te sois jamais intéressé aux mêmes choses que moi, que tu n'aies jamais pu supporter ma sœur ou que tu m'emmènes pour mes anniversaires dans des villes ou des pays que tu rêvais de découvrir. Je ne regrette rien, mais dire que j'ai passé quinze ans avec toi, et qu'il a juste fallu que je rencontre un autre homme pour comprendre enfin que tu ne vaux rien.

Danse africaine

Mais qu'est-ce que tu crois, j'ai trente-huit ans ! Ça fait quatre ans qu'on est ensemble et quatre ans que tu te débines comme une anguille pour me faire un enfant. Bien sûr que je m'accroche à toi pour que tu m'en fasses un, bien sûr que je n'ai que ça en tête, et je vais te dire une chose : si tu ne te décides pas rapidement, je suis prête à te quitter et à le faire toute seule. Je suis prête à renoncer à toi que j'aime tant et à me faire injecter dans le vagin le sperme d'un homme dont je ne sais rien, dont j'ignore s'il est radin, raciste, imbu de lui-même, laid, bedonnant, buveur de bière, vulgaire et s'il a la peau grasse. Je suis prête à ouvrir mes jambes à n'importe quel connard pour que ma vie ait enfin du sens. Il faut que tu comprennes que je n'ai pas envie de finir à cinquante ans en faisant de la danse africaine le jeudi soir et des randonnées de célibataires le week-end. Je n'ai pas envie de voir mon reflet sur l'écran d'un ordinateur pendant que je discute sur un site de rencontres avec un inconnu qui n'attend qu'une chose c'est de me pénétrer avec sa queue pleine de fantasmes et de frustration. Je n'ai pas envie d'être la tante Juliette marrante des enfants de mes copines ou d'être une femme qui boit des verres de blanc au comptoir des bars pour se faire croire qu'il se passe des choses dans sa vie. J'ai envie de penser à quelqu'un d'autre que moi. J'ai envie d'être indispensable à quelqu'un, au moins pour quelques années. Et je ne vois pas ce qu'il y a d'égoïste là-dedans.

Bouche

Ils sont là, dans ma bouche, nombreux. Ils sont prêts à sortir mais je ne sais pas pourquoi je suis incapable de les libérer. Je les garde comme un ruminant conserve longtemps la nourriture entre ses mâchoires, je les garde pour qu'ils finissent tout naturellement par fondre dans ma gorge. Je ne dis pratiquement rien, je suis quelqu'un de très silencieux. Ceux qui vivent avec moi s'en sont accommodés, cela ne les gêne plus. Parfois, j'entends des proches me suggérer que cela me ferait certainement du bien de dire ce que j'ai sur le cœur, ou ce que je pense, ou ce que je ressens. Il m'est arrivé de me laisser convaincre et de penser que, effectivement, s'exprimer était sans doute la meilleure des solutions pour se sentir plus léger, plus souple et faire corps avec les autres et la vie. J'ai essayé, plusieurs fois, mais je n'ai jamais réussi, ça s'est toujours passé de la même façon : j'ouvre la bouche, j'inspire comme quand on est sur le point de prendre la parole, et puis je la referme. Et toujours, cette phrase qui me traverse l'esprit : est-ce bien nécessaire ?

Ça me dit quelque chose

J'aime bien les livres de Nick Halrey, je trouve que c'est un type qui fait correctement son job, sans prétention, avec humilité, enfin c'est pas le genre d'auteur à être convaincu d'avoir la plus grosse. Il fait son œuvre dans son coin, avec sincérité et régularité, et quand on l'interviewe, il joue pas à l'écrivain. Il a dû écrire une dizaine de livres mais depuis que je publie les miens, à chaque fois que je lis un de ses romans, vient toujours un passage où je me dis : tiens, ça me rappelle quelque chose. Alors je relis deux ou trois fois le paragraphe et là ça me revient, c'est à peu de mots près exactement ce que j'ai écrit dans mon livre précédent. Ça me trouble parce que je ne sais jamais si c'est un hommage ou si ça ne le gêne absolument pas de me pomper sans vergogne. Ce qui me chiffonne, évidemment, c'est que lui il vend beaucoup, mais alors beaucoup plus de livres que moi. Je n'ai jamais osé lui écrire ni en parler avec lui mais je ne voudrais pas qu'il me prenne pour un ingrat ou quelqu'un d'inélégant. Alors, pour mon dernier manuscrit, je n'ai pas lésiné et j'ai fait encore plus fort que lui. Il y a une bonne dizaine de pages qui viennent de ses quatre ou cinq derniers livres.

On a été heureux

Elle m'avait souri toute la nuit et je m'étais levé en maudissant le réveil, tant les rêves avaient été doux et apaisants. J'avais revécu pendant mon sommeil tous ces moments qui vous bâtissent une histoire et la scarifient en vous à jamais. Ces visions au miel m'avaient fait oublier tout ce qui nous avait éloignés, ces évidences qu'on occulte, qu'on ne veut pas voir et qui vous ramènent inlassablement dans les cordes jusqu'à ce que le poids de la réalité vous mette à genoux. Je me suis levé vite fait et je me suis douché pour essayer de penser à autre chose. J'aurais bien aimé noyer ces jolis rêves sous une eau bouillante mais ça n'a pas marché. Je suis sorti pour prendre un café, et là, au moment où j'ai commencé à ouvrir le journal pour revenir auprès des vivants, le type derrière son comptoir a glissé dans son lecteur *The Ghost of Tom Joad*. Tout notre bonheur m'est remonté au cerveau comme une bouffée d'air glacée et suffocante. J'ai bu mon café d'une traite, j'ai payé et je suis rentré à la maison. À peine cent mètres pendant lesquels il m'a fallu lutter pour stopper l'hémorragie. Malgré l'impossibilité, la brutalité, les crises, la méchanceté, les hurlements, les nerfs à vif, les abattements et les poings menaçants, je ne me souvenais plus que d'une chose, malgré nos névroses respectives, on avait été heureux. Alors, parce que je n'ai jamais su être plus fort que moi-même, je n'ai pas tenté de faire diversion. J'ai fermé la porte, j'ai cherché le CD sur l'étagère, j'ai ouvert le coffret, j'ai mis le disque dans le lecteur et j'ai monté le volume. Ensuite, je me suis assis sur le canapé, j'ai posé mes coudes sur mes genoux, bien calé ma tête entre mes mains, et j'ai laissé la fontaine m'inonder les joues.

Contre moi

L'avenir m'a toujours effrayé. L'inconnu, l'incertitude sont des choses qui me font peur. Je ne sais pas d'où ça vient, j'ai pourtant eu une enfance heureuse. Lorsque je me projette, ça finit toujours mal, j'imagine invariablement les situations les plus noires, les dénouements les plus dramatiques. J'ai beau me raisonner, me dire que, jusqu'à présent, je m'en suis toujours sorti, que je ne suis pas à plaindre, que j'ai même plutôt pas trop mal mené ma barque, je ne peux pas m'empêcher de penser que, tôt ou tard, les choses vont s'assombrir. Et c'est chaque fois la même rengaine, quand je songe à l'avenir, je me dis que la vie a des cycles et que le dernier cycle, évidemment, ne propose jamais rien de bon. C'est plus fort que moi, chaque fois que je jette un œil sur l'avenir, je pense contre moi.

Trois pièces

On était dans ce nouveau logement depuis à peine trois mois. D'habitude il me faut bien le double, voire un an pour me sentir vraiment chez moi, mais là, je ne sais pas si c'était à cause d'elle ou de l'appartement lui-même, mais j'y étais vraiment bien. Elle, c'était plus lent, elle déteste déménager. C'est toujours une épreuve pour elle. Mais on avait fini par trouver notre endroit, celui qui donne envie de poser ses valises et de laisser la vie jaunir les murs. Il était grand, en très bon état, fonctionnel, avec suffisamment de lumière pour ne pas déprimer et tous les commerçants juste en bas de la rue. Mais, surtout, j'y avais mon trou, mon terrier, tout au bout du couloir. Ça peut paraître égoïste mais j'ai besoin d'avoir un endroit où me retirer, même si c'est pour ne rien faire, même si c'est pour une partie de solitaire ou dessiner des maisons d'un seul trait sur un cahier. La femme avec qui je vivais avant, dès que je fermais une porte pour m'isoler un peu, elle dégageait une tension à dix mille volts qui transperçait les cloisons. Alors, évidemment, ça a fini par électrocuter notre couple. Mais elle, je veux dire celle avec qui j'avais emménagé dans ce sublime appartement, c'était la femme la plus souple, compréhensive, facile à vivre et tolérante de la terre. Quand je lui avais dit, avec des tas de circonlocutions pour en arriver là où je voulais en venir, sur l'air du type qui demande ça comme ça mais si ça pose un problème ça n'a aucune importance, c'était juste une suggestion, que, éventuellement, si le quartier lui plaisait et tout et tout, éventuellement, on pourrait plutôt chercher un trois pièces... Elle m'a répondu sans quitter son journal des yeux tout en beurrant ses cracottes, ben oui, si tu veux un trois pièces on peut prendre un trois pièces, ça me gêne pas. Alors là, pour moi, c'était comme si on m'avait accordé une bénédiction. Tomber sur une femme qui ne voyait aucun inconvénient à ce que j'aie mon espace à moi alors que je ne suis ni journaliste, ni écrivain, ni scénariste, ni graphiste ou artiste ni rien, alors que c'est juste pour mon confort à moi, là, ça me l'a fait aimer autant que je l'aimais déjà. J'avais trouvé la perle !

Je m'étais fait mon petit intérieur en prenant tout mon temps pour trouver la bonne place de chaque objet, en montant ma bibliothèque que j'avais fabriquée moi-même dans la cour de l'immeuble avec du bois de hêtre, en réfléchissant des jours et des jours sur l'emplacement de telle ou telle photo, et puis le choix du bureau, j'étais retourné trois fois dans la boutique pour être sûr de ne pas me planter, et puis le fauteuil, et les lampes et mes cahiers sur lesquels je trace des spirales ou des traits en diagonale. La vie avec elle avait la simplicité des jolies choses. Jamais rien n'accrochait, elle ne demandait jamais rien, ce qui, bien évidemment, me donnait envie de tout lui offrir et d'être attentif à tout ce qui pourrait lui faire plaisir. J'étais heureux comme un torrent.

On était dans cet appartement depuis à peine trois mois. Je m'étais fait à cette vie comme un chat se fait sa place sur un vieux fauteuil. On était un samedi, je regardais je ne sais plus quoi par la fenêtre, elle s'est collée contre mon dos en m'enlaçant le torse et elle m'a dit, en prenant ma main et en la posant sur son ventre : « On va être bien ici, tous les trois. »

Persuadé que le monde va bien

Quand je fais l'amour avec elle j'entends les oiseaux piailler dans tous les sens, les baleines chanter et des joueurs de tennis hurler de joie après un efficace passing-shot. Je vois des gens se marrer en penchant la tête en arrière, d'autres qui ne touchent plus terre tant ils dansent vite, des gosses se courir après dans des squares, des filles sautiller dans leur salle de bains parce qu'elles viennent de comprendre qu'elles sont enceintes et des types apaisés en train de regarder la maison qu'ils ont construite eux-mêmes. J'en vois qui sifflotent au volant de leurs voitures et d'autres qui font la sieste sous des figuiers. Quand je l'entends se brosser les dents ou se coiffer, je vois des troupeaux de zèbres traverser des rivières en se jetant à l'eau comme des enfants sautent en riant dans des piscines municipales, et je vois ma mère dormir comme si elle avait eu une autre enfance. Quand elle me regarde en souriant je me souviens que le voisin du dessus ne nous a pas emmerdés depuis longtemps, je me rends compte que les gens avec qui je travaille sont tous extrêmement sympathiques, que notre chauffe-eau ne tombe plus en panne, que ma voiture démarre tous les matins, que ne pas partir en vacances parce qu'on n'a pas assez d'argent n'est pas grave du tout, je me dis que j'ai de la chance de vivre dans un pays aussi formidable et j'oublie toutes les saletés de l'histoire. Quand je suis près d'elle, c'est plus fort que moi, je suis persuadé que le monde va bien.

Points d'eau

Je n'ai jamais su donner de réponses au petit garçon que j'étais. Je lui ai appris à sourire pour déjouer les drames et à ignorer leur puissance, je lui ai appris à serrer les poings et à parfois les flanquer, je lui ai appris à gueuler et à refuser, à déglutir les imbéciles en détournant le regard, à soupirer les connes en fermant les yeux, à voir plus loin que ce qui désole ou à contenir dans sa gorge tous ces mots qui ne servent à rien, mais je n'ai jamais su lui construire de digues pour le protéger des crues de l'émotion, ni le cuirasser pour lui apprendre à encaisser la violence du manque.

Voilà près de soixante ans que je ne vis pas seul, mais en compagnie d'un insecte qui tourne et bourdonne en moi sans cesse pour m'empêcher de trouver l'apaisement. Parfois, lorsque je vis ou que je regarde des jolies choses, le coléoptère se pose, mais ça ne dure jamais bien longtemps.

Je me dis souvent qu'il ne faut jamais négliger les jolies choses, elles sont aux hommes ce que les points d'eau sont aux bêtes.

Deux vies

Ma femme me laisse avoir deux vies. Une le jour et une la nuit. Elle se couche toujours plus tôt que moi, mais elle ne dit rien quand je reste encore éveillé trois ou quatre heures. Elle sait que c'est pendant ces moments-là que j'écris le plus et le mieux. Mais parfois, elle me demande de venir me coucher en même temps qu'elle, pour m'avoir à ses côtés quand elle s'évanouit dans le sommeil. Alors je le fais. Une fois qu'elle est endormie, je reste à côté d'elle, même si mon ordinateur me siffle de venir le nourrir de ce qui me passe par la tête. Quelque chose me dit que je suis plus utile contre son dos.

Boule de pétanque

Ça a commencé par des regards en biais, puis des soupirs, puis des gestes secs et enfin, pour que la parole se joigne aux actes, des insultes. Ensuite on s'est envoyé à la gueule tout ce qu'on avait sous la main, d'abord des torchons, après des bouteilles d'eau vides, puis pleines, et les choses sont devenues vraiment sérieuses avec des objets plus durs, à l'image des colères et des ressentiments. On est passés aux casseroles, appareils photo, ordinateurs portables, chaises... et hier, ça a été une boule de pétanque demi-dure en acier et inox de 700 grammes et 78 millimètres de diamètre. Une boule de tireur, faite pour les carreaux. Ça a brisé net mon poignet. Et notre couple.

Une femme penchée sur la terre

Quand je vais à la campagne chez mes parents, j'ai l'impression d'être en convalescence. Sans jamais me le dire clairement, ma mère me trouve toujours un peu pâlot ou trop maigre. Elle sait que je ne suis jamais en meilleure santé que lorsque j'ai un teint d'endive, elle sait aussi que j'ai toujours été maigre et que je le serai toute ma vie, mais c'est une mère, et comme toutes les mères il ne lui déplairait pas que je sois fort et que je pète des flammes de moteur de Formule 1.

Alors je bouffe comme quatre et je dors comme un loir. Ma mère s'arrange pour tout lisser, pour que je ne manque de rien, pour que je n'aie rien d'autre à faire que respirer l'air pur. Elle m'achète le journal et un paquet de cigarettes qu'elle dépose discrètement sur la table de la cuisine. Elle m'offre des plaisirs simples enrobés dans du coton. De temps en temps, en fin de journée seulement, elle ose me demander de lui arroser ses plantes ou d'aller couper quelques pieds de basilic dans le potager. Ce que je fais toujours avec un bonheur de gamin qui rentre chez lui un bouquet de fleurs sauvages serré entre ses doigts.

L'été nous dînons sur la terrasse, et mes parents me parlent d'une voix calme, ils me questionnent sur ma vie et écoutent mes réponses comme une douce mélodie. Il arrive des moments, au cours du repas, où nous n'avons rien à dire. Ce sont ces instants-là que je préfère, parce qu'ils sont la respiration du bonheur.

Après le dîner, nous nous vautrons dans les transats. Mon père me raconte les arbres tandis que ma mère se plaint en souriant des fugues et des conneries de la chienne. Nous rions de la puanteur du lisier que l'agriculteur voisin répand sur son champ. Quand la nuit devient aussi noire que certains de leurs lointains souvenirs, ils montent se coucher, mon père avec Saint-John Perse ou Mallarmé, ma mère avec Blondin ou une encyclopédie des roses, et moi je reste encore un peu dans le noir pour savourer la blancheur de la douceur comme on suçote un sucre d'orge.

Le matin, j'émerge vers 10 heures et je traîne mollement avant de m'habiller. Je prends le temps qui m'a toujours manqué pour me réveiller. Et même si, depuis mon enfance, je les entends dire que le monde appartient à ceux qui se lèvent tôt, quand je suis chez eux, ils tolèrent mon manque d'ambition.

Lorsque j'ouvre les volets de ma chambre, je vois souvent ma mère jardiner. Je l'observe longuement.

Toute ma vie, je garderai l'image de cette femme penchée sur la terre pour en faire sortir des plantes et des fleurs.

Quatre ans ensemble

Ce matin j'ai croisé dans la rue la première femme avec qui j'ai habité. Nous sommes restés quatre ans ensemble et à l'époque nous pensions sincèrement que nous ferions notre vie tous les deux et que nous aurions des enfants. Nous nous sommes énormément aimés. C'était il y a trente-cinq ans. Nous sommes restés un petit moment, sur le trottoir, à échanger de nos nouvelles. Elle avait vieilli, moi aussi. Elle m'a dit que je n'avais pas changé, moi aussi. Elle vivait en couple, moi aussi. Elle avait divorcé, moi aussi. Elle avait des enfants, moi aussi. Elle exerçait un travail qui ne la passionnait plus, moi aussi. Voilà, nous avons échangé des platitudes, nous en sommes restés à des choses très factuelles, des choses qui ponctuent une vie mais qui ne disent rien de cette vie. Nous qui avions été si proches, nous n'avions plus rien à nous dire. L'un pour l'autre, nous n'étions plus que des souvenirs.

Nulle part

Je ne peux plus aller à Nice parce que ça me rappelle trop ma mère. Quand je me promène dans le 14e je pense inévitablement à mon père, et si je traverse la nouvelle Athènes, c'est toute mon enfance qui me serre la gorge. Je ne vais plus en Italie, celle de ma jeunesse a disparu. J'évite la Bretagne qui me fait trop penser à mon ex-femme, tout comme le Sud-Ouest, où j'ai tant de souvenirs avec une bande d'amis morts ou perdus de vue. Je contourne toujours la Butte-aux-Cailles car la maison de mes grands-parents a été détruite. Chaque fois que je passe devant le 127 boulevard Saint-Germain, je repense à Isabelle de Clerc qui fut la première femme avec laquelle j'ai couché. C'est au lycée Condorcet que j'ai connu mon premier chagrin d'amour, à la Sorbonne ma prise de conscience politique, à Saint-Eustache que j'ai compris que les prêtres pouvaient être des hommes intelligents et inscrits dans leur époque, à Montmartre, la vie de couple, à Cambronne, le travail, à Montparnasse, la vie de famille, sur les quais, la douceur des dimanches, et dans toutes les gares, l'enthousiasme des départs. Aujourd'hui j'ai quatre-vingt-un ans et je ne vais plus nulle part, je reste chez moi ; Paris est trop truffé d'adresses, de rues, de places, de quartiers qui me rappellent tout ce qui est fini.

Un monstre

Ce n'était pas la première fois que je voyais l'image de l'échographie d'un fœtus, des tas d'amis m'avaient montré celles de leurs enfants. Mais c'était la première fois que ça me serrait la gorge. J'étais très ému, évidemment, mais j'ai eu peur aussi. Pas des responsabilités et du changement radical que ça allait engendrer dans ma vie, j'étais même très heureux de tous ces bouleversements, non, j'ai eu peur de l'humain qu'il pourrait devenir. Hitler et Pol Pot aussi avaient été des fœtus et on connaît la suite. Avec un papa et une maman aussi parfaits, il y avait peu de risques que notre enfant devienne un Hitler ou un Pol Pot, mais une vie est ponctuée d'accidents et personne n'est à l'abri de devenir un monstre. Moi, je suis né au vingtième siècle, et comme tous ceux qui sont nés au vingtième siècle, j'ai été très marqué par les sommets d'horreur atteints par les hommes. Hitler, Staline, Mao, Pol Pot, Saddam Hussein, Hafez el-Assad, Kim Il-sung, Fidel Castro, Augusto Pinochet, Franco, Salazar, Mouammar Kadhafi, Nicolae et Elena Ceausescu, Ferdinand Marcos, Robert Mugabe, Erich Honecker et j'en oublie, évidemment. En égrenant la liste de tous ces tyrans et dictateurs, je me suis aperçu qu'il n'y avait pratiquement que des hommes, alors je me suis dit que ce serait peut-être plus prudent si c'était une fille. On ne sait jamais quel adulte un enfant contient en lui, les parents ont parfois de mauvaises surprises. Au pire, une fille, elle devient conne. Finalement, ça peut avoir son charme et c'est plus inoffensif qu'un dictateur. Alors, en sortant de la maternité, j'ai tiré des prénoms de fille dans ma tête comme on effeuille une marguerite. J'avais la main de ma femme dans la mienne et je trouvais que toutes les femmes, même les connes, étaient formidables.

Sept mois plus tard on m'a mis dans les bras un petit être avec une petite quéquette entre les jambes. Je l'ai regardé longuement et attentivement et j'ai été rassuré. J'ai imaginé la tête qu'il pourrait avoir plus tard avec différents types de moustache ; il avait pas une tête de tyran.

Une tasse de thé

Je suis née en 1918 à Aubervilliers. Mon père était gueule cassée, ma mère, lessiveuse. J'ai commencé à travailler à seize ans et pris mes premières vacances à trente-six. Mon premier mari est mort à Auschwitz en 1943. J'ai frôlé l'exécution, me suis fait interroger par les Allemands pendant cinquante-quatre heures et j'ai connu l'incarcération soixante-trois jours durant avant d'être miraculeusement libérée. Le fils que j'ai eu avec cet homme est mort en 1959 en Algérie. Mon deuxième mari est mort avec sa maîtresse au volant de sa voiture en 1961, me laissant veuve pour la deuxième fois à quarante-trois ans avec trois enfants âgés de treize, neuf et sept ans, seule pour faire tourner le garage. J'ai travaillé jusqu'à soixante-neuf ans, je me suis privée toute ma vie pour offrir à mes enfants le quotidien le plus confortable et les études les plus longues possible. Mon aîné a fait une très belle carrière chez Peugeot, il gagne 9 000 euros par mois. Mon second est agrégé d'histoire et professeur dans un lycée de Saint-Germain-en-Laye, il n'a jamais été au chômage. Ma cadette est directrice du théâtre municipal de Montreuil et son mari est ophtalmologiste. Mes enfants ont toujours connu l'électricité, le chauffage central, les frigidaires pleins, la voiture et les vacances. Pour un dimanche d'octobre il fait encore beau et doux, ils se disputent pour une histoire de projet de loi concernant une taxe à 1,3 % sur l'épargne. Ils disent tous les trois qu'ils ont peur de l'avenir. Je les ai toujours entendus dire ça. Sans doute estiment-ils que je suis trop vieille pour me demander ce que j'en pense, alors je leur propose de se resservir une tasse de thé.

Rôti

Ce matin chez le boucher je ne sais pas ce qui m'a pris mais j'ai volé un rôti. Il y avait un peu de monde et je faisais la queue sans trop savoir pourquoi j'étais entré dans une boucherie. Il était là, rouge pâle, gainé dans sa couenne, à m'inviter au délit un peu comme une vieille pute au sourire pincé vous suggère de la suivre. Je n'ai rien contre les vieilles putes, si ce n'est qu'elles sont vieilles et que c'est toujours un peu inquiétant de payer pour baisser son pantalon parce que ça me rappelle l'air sévère du Dr Izner quand il a constaté ma première blenno à dix-huit ans. En revanche, un rôti… La décision a été aussi rapide qu'un court-circuit. J'ai ouvert le battant de verre de l'étalage, j'ai saisi le morceau de viande et je suis parti en trottant, même pas en courant. J'ai entendu des cris et des insultes derrière moi mais ça ne m'a pas fait peur. Quand je me suis retourné, j'ai vu le boucher qui me coursait en me lançant des tu vas voir et des attends que je t'attrape qui m'ont fait rire. Il ne le savait pas mais il n'avait aucune chance de me rattraper. Je cours trois fois par semaine. Alors j'ai accéléré, le boucher aux fesses, comme quand j'imagine entrer dans le stade avec le deuxième qui fait tout son possible pour me dépasser. J'ai tourné à gauche et j'ai allongé ma foulée. Le gros lard pouvait bien s'égosiller, avec toute sa masse à traîner, c'était moi qui menais. Le pauvre gars, il était manifestement pas dans son élément. Je lui aurais bien expliqué qu'il ne faut pas se pencher en avant mais se redresser et ouvrir ses épaules pour que la partie supérieure du corps « allège » les jambes, mais on n'était pas là pour ça. J'ai tourné encore à gauche et j'ai ralenti un peu en vérifiant où en était mon adversaire. Devant mon écrasante supériorité, il avait abandonné. J'allais donc être le premier marathonien de l'histoire à remporter une course avec un filet sanguinolent à quarante-quatre euros le kilo à la main. Et en marchant, parce que les grands champions sont toujours insolents. J'ai pris à nouveau à gauche en pensant au bon repas qu'on allait se faire avec Reviens. Ça allait être une vraie fête pour lui que j'avais réussi à convertir au végétarisme. Je n'ai jamais su si c'était par amour pour moi ou par dépit, mais mon chien s'était petit à petit adapté à mon régime alimentaire et si aucune viande ne remplissait sa gamelle contrairement aux mises en garde du vétérinaire, il s'en était accommodé.

Arrivé au bout de la rue, je me suis aperçu que j'avais fait le tour du pâté de maisons et je suis tombé nez à nez avec le boucher qui m'avait sans doute vu arriver de loin et m'attendait les deux poings enfoncés dans ses flancs grassouillets. J'ai aussitôt fait demi-tour et je me suis calé sur les chevilles d'Usain Bolt.

À la maison, je me suis assis sur le canapé avec le rôti posé sur une assiette en face de moi et mon chien qui bavait des fontaines en frétillant du museau et de la queue sans quitter le rosbif des yeux. J'essayais de comprendre ce qui m'était passé par la tête de subtiliser cette viande dans une boucherie où j'avais eu mes habitudes pendant tant d'années avant de devenir végétarien. Mais j'avais beau chercher, je ne trouvais aucune explication rationnelle qui puisse donner un sens à ce geste. La chair animale ne me manquait pas, je n'avais jamais volé de ma vie, j'étais connu et apprécié dans le quartier, j'avais agi sans aucune préméditation et c'était comme si j'avais répondu à une pulsion plus forte que mon entendement et qui me dépassait. J'ai demandé à Reviens s'il en voulait, il m'a répondu en faisant des efforts surhumains pour avaler la salive qui inondait sa gueule. Alors j'ai pesé le rondin de bœuf, je l'ai découpé en petits morceaux et j'ai regardé mon chien s'enfiler cinq cent vingt grammes de viande en une minute et huit secondes. Ça faisait deux ans que cet animal ne mangeait que des légumes, et il n'avait jamais manifesté le moindre mécontentement, la moindre rancœur à mon égard, c'est dire s'il devait m'aimer. Ensuite il est venu à côté de moi en se léchant les babines et il m'a jeté un regard qui s'excusait presque d'avoir fait quelque chose de plus fort que lui.

Voir la terre et ses paysages

J'ai parfois la sensation de m'accrocher de plus en plus aux aspérités de la vie. Ce qui m'apparaissait comme insignifiant il y a trente ans me semble aujourd'hui lourd, laborieux. Jeune, je n'étais curieux de rien mais je m'émerveillais de tout ; aujourd'hui, si je suis curieux de bien des choses, pratiquement plus rien ne m'étonne. J'étais prêt à tout croire alors que, maintenant, je ne crois presque plus en rien. Avant, j'avais peu d'opinions mais je parlais beaucoup et, paradoxalement, depuis quelques années, plus mon jugement s'aiguise, se précise, s'affine, et plus je me tais. À vingt ans, je voulais rencontrer le plus d'hommes possible, à présent je n'aspire plus qu'à voir la terre et ses paysages.

Attendre que le vent tourne

Aujourd'hui je dépenserais bien quarante, soixante voire même quatre-vingts euros pour qu'on me dise que ma vie ne va pas être jusqu'au bout ce qu'elle est aujourd'hui. Que ça va changer, et que tout va se simplifier et devenir plus fluide. Ce qu'il me faudrait, c'est juste l'entendre, juste y croire quelques jours pour reprendre mon souffle. J'ai besoin qu'on me rassure, qu'on me dise des choses qui éclaircissent un peu l'horizon ou me font croire que ça va se dégager dans quelque temps. Je peux attendre un an, même deux, plus s'il le faut. J'ai juste besoin de voir un type se pencher sur ses cartes de tarot et me dire avec le sourire qu'il n'y a aucune équivoque, que je peux faire confiance à son expérience et que là, c'est très clair, il va se passer des trucs extraordinaires, que le bonheur est pour bientôt, qu'il ne peut pas le situer avec exactitude dans le temps mais qu'il est devant moi, à portée de main… Même si c'est faux, c'est pas le problème, ce qui compte c'est l'entendre. Ça sert à ça les autres, l'entourage, les amis, la famille, ça sert à vous dire parfois qu'on est sur la bonne voie et que ça va s'arranger. Mon problème, c'est que mes autres à moi ils me le disent pas. Alors, à défaut de l'entendre, je fais comme tout le monde, je serre les dents, et j'attends. J'attends que le vent tourne.

Principes

Je me souviens quand, à vingt-huit ans, j'ai eu mon fils, j'avais plein de grandes idées, de grandes valeurs et de grands principes à lui transmettre. Je me disais que, pour structurer un homme, il ne faut jamais transiger sur ces choses-là. Qu'un enfant a besoin de cadres, de discipline, d'horaires à respecter, et de pouvoir évoluer en liberté à l'intérieur de ces cadres, de cette discipline, de ces horaires. J'ai veillé scrupuleusement à ce qu'il s'exprime correctement, à ce qu'il soit poli et bien élevé – on ne dit pas bonjour mais bonjour, monsieur –, à ce qu'il soit ponctuel, à ce qu'il n'oublie jamais de remercier, à ce qu'il soit courageux mentalement et physiquement, à ce qu'il se positionne sans agressivité mais avec fermeté, à ce qu'il comprenne la valeur du travail. Je ne lâchais jamais, j'avais toujours un œil sur ces principes d'éducation, j'étais un père très présent, très attentif. Trop, disaient certains. Il n'empêche, tout le monde s'accordait à dire que c'était un gamin formidable. Aujourd'hui, quand je vois des pères engueuler leur fils ou leur interdire des choses somme toute inoffensives ou le reprendre avec agacement sur des comportements insignifiants, je ne peux m'empêcher de penser que j'aurais certainement dû foutre un peu plus la paix au mien. Aujourd'hui je n'ai plus de principes, parce que je n'ai plus de fils.

Pas une fille pour toi

Non, fais-moi confiance, c'est pas une fille pour toi. Je la connais, tu peux me croire, tu vas t'emmerder avec elle. Une fois que tu auras passé les trois ou quatre premières nuits, une fois que tu auras bien assouvi ta féroce envie de sexe, tu seras bien encombré. Elle est gentille, c'est pas ça, mais elle a pas beaucoup d'arrière-pays. Elle porte des chaussures pointues pour essayer d'en être mais elle trompe personne. Voilà, c'est ça, c'est une fille qui essaie. Elle essaie mais y a pas la générosité des gagneuses. Elle va te branler du bout des doigts celle-là, c'est sûr. Te brade pas, je te dis. Je l'ai jamais pratiquée, j'ai jamais rien fait avec elle, mais je sais pas, je le sens, je suis sûr qu'elle a les narines qui se dilatent quand elle jouit. Tu vois le genre.

Une olive

Je ne suis pas celui que vous imaginez. Nos rapports sont polis, courtois, et restent dans les limites de ce qu'on peut attendre de deux salariés d'une entreprise comme la nôtre. Nos échanges sont protégés par la conscience que nous avons de notre travail. Permettez-moi, d'ailleurs, de vous dire combien j'admire la rigueur avec laquelle vous remplissez, chaque jour, votre mission de chef comptable. Nous n'avons, dans ces nombreux couloirs de notre société, que trop rarement le plaisir de nous sourire et de nous saluer, mais sachez que, même si mon comportement démontre le contraire, je ne manque jamais une occasion de vous observer, de vous épier. Je ne vais pas vous raconter d'histoires, je ne suis pas l'homme que vous croyez. Si mes costumes bien coupés et mes cheveux convenablement peignés me donnent l'air d'un cadre consciencieux qui va à la messe le dimanche, honore sa femme le samedi soir et fait du sport le jeudi, sachez que je n'ai qu'une envie, assez obsessionnelle depuis quelques semaines, c'est de vous butiner sous les violons ondoyants du poco allegretto de la *Troisième Symphonie* de Brahms et de faire découvrir à votre anus ce que l'on appelle poétiquement une olive*. Je comprendrais parfaitement que vous considériez cela comme pornographique et dégradant mais je vous demande de ne pas me juger et d'interpréter ce désir qui dépasse les convenances, la morale, le respect, le romantisme ou la parité, comme quelque chose de simplement humain.

* On appelle « olive » une petite friandise sexuelle qui consiste à glisser une phalange, pas plus, dans l'anus de son/sa partenaire et que l'on fait tourner sur elle-même.

Voyage

Au moins une fois par an, souvent en hiver, je pars en voyage. Il me faut deux ou trois jours pour préparer mon barda. D'abord une bonne paire de chaussures. Puis une tente, un sac à dos, un sac de couchage, une couverture de survie, une gamelle, une gourde, un réchaud et trois cartouches de gaz liquide, un tapis de sol, un bâton de marche, une lampe torche, un Leatherman, un poignard, une hachette, un parka imperméable, un chapeau, un bonnet, une paire de lunettes de soleil, des sous-vêtements, un collant et un Damart, des chaussettes de laine et d'autres de coton, un pantalon de toile et un autre de velours, un pull en laine polaire, deux sweat-shirts en coton, un tee-shirt respirant, des sachets de nourriture lyophilisée, une paire de jumelles, des cartes, un GPS, un carnet à spirale, un stylo, du savon, une brosse à dents, du dentifrice, du shampooing, des comprimés d'Aquatabs purificateurs d'eau, une trousse de survie… Mais aussi un fusil et des cartouches et, évidemment, une canne à pêche et tout ce qui va avec, des lignes, des bas de ligne en soie et en acier, une épuisette, des appâts et amorces, des hameçons, des cuillères, des Rapala, des flotteurs, des Buldo, des bombettes plongeantes et d'autres flottantes, des mouches, des émerillons, des plombs, des olivettes, des élastiques…

Une fois que je suis fin prêt, je décide toujours de partir vers 3 ou 4 heures, avant la tombée de la nuit, afin de me laisser un peu de temps pour couper du bois. Ensuite, je m'habille cérémonieusement, je positionne le sac sur mon dos puis je traverse mon jardin et je rejoins la cabane en rondins que je me suis construite derrière le bosquet d'ormes. Après cela vient toujours le même rituel, je laisse tomber mon lourd sac comme s'il m'avait fallu trois mois pour atteindre mon éden, je fais grincer la porte en prenant garde de ne surprendre aucune bête sauvage qui y aurait trouvé refuge, j'entre, respire la poussière et les mois d'abandon puis ouvre les fenêtres avec des gestes méticuleux. Après quoi j'allume le poêle et sors couper du bois pour la soirée. Une fois que toutes mes petites tâches ménagères sont accomplies, je suis arrivé. Je me sers un bon verre de gnôle et me roule une cigarette, je cale ma chaise entre l'âtre et la fenêtre, je regarde dehors, vers le lotissement de pavillons identiques, et je rêve de l'Alaska.

Les petits garçons qu'ils ont été

Mon père était comme ça, mon mari est comme ça, et maintenant je m'aperçois que mon fils l'est aussi. Je ne sais pas d'où ça vient ce besoin qu'ils ont de s'isoler, de s'éloigner des autres et des conversations, de ne pas être tout à fait là. Ce n'est pas vraiment gênant, c'est juste un peu étrange, on a l'impression de les perdre pour quelques instants, un peu comme des évanouissements. Et puis ils émergent et reviennent à nous. Je ne suis pas certaine que tout ce qui se passe sous leur crâne mérite d'être raconté, il doit y avoir dans ces divagations beaucoup de choses inavouables ou parfaitement insignifiantes, mais ça n'a aucune importance. Hier j'ai surpris mon fils de dix-sept ans à trois reprises pendant vingt minutes, allongé sur son lit, les bras croisés sur la poitrine, les yeux dans le vague, le regard tourné vers le plafond. Il était là, il ne bougeait pas, il rêvassait. Comme son père. Comme son grand-père. Ça doit être un truc d'homme. Ça me touche parce que, dès qu'ils se mettent à rêver, je vois les petits garçons qu'ils ont été.

Faut je mange

La première fois ça m'a un peu surpris, j'ai mis ça sur le compte de la fatigue ou de deux idées qui se télescopent au moment où la phrase se prononce. Et puis peu de temps après, une nouvelle faute, et puis encore une autre, et puis une autre. On se connaissait pourtant depuis deux trois mois et je n'avais jamais remarqué ce petit travers qui la prenait parfois de parler comme une illettrée. Ce n'était pas tant la faute qui me choquait, c'était que rien ne l'expliquait. Je ne comprenais pas d'où venaient ces déraillements linguistiques. C'était pourtant une femme qui, parfois, allait chez le coiffeur avec la voiture de sa sœur, une femme qui avait fait six ans d'études, côtoyait le gratin des intellectuels, écrivait dans les revues de sociologie les plus pointues, animait des conférences et des débats devant des assemblées d'universitaires lors de colloques ou à la radio sur des stations publiques, avait été élevée par des gens qui s'exprimaient dans un français des plus correct, avec un respect de la grammaire sans ostentation, mais précis, un français que l'on utilise non pas pour se distinguer des classes populaires mais pour se structurer. Et ce qui était terrible pour moi, c'était que je commençais vraiment à l'aimer, à avoir besoin de sa peau, de ses opinions, de sa présence, mais chaque fois qu'elle faisait une faute, ça me faisait l'effet d'une décharge électrique. J'ai eu droit à tout, je passerai derrière pour je passerai après, je sais pas c'est qui, je préfère un qui est plus doux, à la base je suis plus salé que sucré, j'irai au poissonnier, et le plus beau : faut je mange ! Ce jour-là, j'ai eu soudain une hallucination, j'ai vu sous ses doux cheveux bruns le visage d'un footballeur balafré.

Ensuite sont apparus des tics d'enfant de quatre ans, avec des « tout » en veux-tu en voilà, sans jamais faire la liaison, évidemment. Oh ben dis donc elle est tou' en désordre cette cuisine. Ou alors un petit plouf pour une baignade, ou un petit croque pour une bouchée. Bien entendu, plus je lui faisais remarquer ses fautes et plus elle en commettait. Alors, un jour, j'ai craqué.

Écoute, m'en veux pas mais là, faut je pars, j'ai dit. J'ai besoin d'un petit stop et je sais pas si je reviendrai derrière. À la base, je sais pas c'est qui des deux qu'est pas fait l'un pour l'autre mais moi, partager la vie d'une femme qui parle tout mal, ça me choque, je préfère une qui s'exprime correct.

Aujourd'hui je m'en mords les doigts évidemment, d'autant que, quelque temps plus tard, je l'ai rappelée pour essayer de la revoir. Elle m'a dit que si je me sentais seul, je pouvais toujours aller aux putes.

Parfum

Aujourd'hui je suis entré dans une parfumerie du boulevard Haussmann, une jeune femme médiocrement vêtue de noir m'a gentiment accueilli et demandé ce que je souhaitais. Nous avons cherché ensemble le flacon bleu et cylindrique qui me rappelait ce qui vous façonne avec la discrétion des choses apparemment insignifiantes. Lorsque la vendeuse me l'a tendu, je lui ai demandé si elle m'autorisait à simplement en asperger mon écharpe, sans l'acheter. Elle l'a fait elle-même, avec un sourire attentionné. Ensuite je suis sorti, j'ai cherché un jardin ou un parc en fumant une cigarette pour ne pas respirer prématurément la fragrance. J'ai marché dans les rues en croisant des visages qui, comme le mien, attendaient la fin de l'hiver. J'avais envie de sentir sur mes omoplates la main chaude du soleil des premiers jours du printemps.

Après avoir tourné une vingtaine de minutes dans ce quartier sans charme et ennuyeux comme un devoir, j'ai fini par trouver une espèce de square arboré avec un bassin triste entouré d'arbres qu'on ne regardait sans doute pas assez. Une vieille dame engoncée dans son épaisseur tentait de ramasser la déjection que son petit chien venait de laisser derrière lui et un couple d'adolescents s'embrassait sur un banc en s'enlaçant les jambes dans un nœud sophistiqué. Je me suis choisi un coin un peu isolé et je me suis assis sur une chaise en prenant garde de ne pas me trouver sous des pigeons.

Ensuite, j'ai écrasé ma cigarette, j'ai porté l'écharpe à mon nez, et je me suis enfoui dans l'odeur de mon enfance, dans le cou de ma maman.

Comptes

Je suis quelqu'un qui peut pas s'empêcher de compter. Je compte tout, mes pas, les gens dans mon wagon de métro, les spectateurs dans une salle de théâtre, les cigarettes que je fume, les marches des escaliers, et même les cons que je croise en une journée. Je sais pas d'où ça vient cette manie mais je peux pas m'en empêcher. Hier soir il m'a fait tout un opéra parce qu'il n'avait plus de chemise propre, j'ai oublié de faire une machine, ça arrive non ? Alors j'ai compté le nombre d'heures que j'ai passées à lui faire à bouffer, le ménage, les courses, le repassage, le lit, à coudre ses boutons de chemise, à ranger ses fringues et tout son bordel. Môssieur travaille comme une brute et ramène beaucoup d'argent pour qu'on manque de rien dans la maison. C'est vrai qu'on manque de rien, mais j'aimerais juste qu'il se souvienne que si je travaille aux deux tiers-temps, c'est juste pour qu'il puisse glisser les pieds sous la table et dans son lit sans avoir à se soucier des « contingences du quotidien ». Tu sais combien d'heures ça fait depuis sept ans que je suis avec lui ? J'arrondis à deux heures par jour, ça fait cinq mille cent dix heures. À raison de 10 euros de l'heure, je m'excuse mais je vaux un peu plus que le smic, ça fait 51 100 euros. Lui qui parle que de caillasse et de compte épargne et d'assurance vie toute la journée, ça va lui faire mal aux dents quand je vais lui envoyer que les bons comptes font les bons amis. J'ai fait les totaux, en Thaïlande, avec 50 000 euros, je peux tenir cinq ans, massages compris. Je vais me gêner !

Merci

Je sais, c'est un mot bizarre, parce qu'on l'utilise autant quand on vous tient une porte que pour répondre à ces moments qui vous construisent. Il ne vaut souvent pas grand-chose en regard de ce qu'on vous donne mais j'ai quand même envie de te le dire. Je voulais te remercier de m'avoir aimée. Je voulais te remercier de n'avoir jamais rien dit quand j'étais odieuse. Je voulais te remercier de m'avoir fait deux beaux enfants. Je voulais te remercier d'avoir fait de ma vie quelque chose d'ennuyeux mais de confortable. Je voulais te remercier d'avoir supporté ma bêtise, même si moi aussi j'ai supporté la tienne. Je voulais te remercier d'avoir aimé avec sa boue, ses cendres, la petite fille triste et effrayée que j'étais. Je voulais te remercier de m'avoir fait jouir et de m'avoir foutu la paix. Je sais, j'ai pas toujours dit ça, mais ce soir, c'est ce que j'ai envie de te dire. Je voulais aussi te remercier d'être mort avant moi.

Itinéraire

Pour Anne

Nous étions en décembre et ils avaient réussi à me convaincre de passer les vacances de Noël avec eux plutôt que de rester toute seule avec ma petite fille de dix mois. J'avais longuement hésité à cause des six heures de route. Je n'ai jamais aimé conduire trop longtemps et puis leur maison se trouvait dans un petit village perdu du Limousin, je n'y étais jamais allée et, avec mon sens de l'orientation déplorable et ma méconnaissance de la géographie française, j'avais peur de tourner des heures dans la campagne avant de trouver. Mais bon, c'étaient des gens que j'aimais bien et le petit effort du voyage en valait la peine. Je suis partie vers 16 heures après avoir soigneusement préparé ma route. À l'époque, il n'y avait pas internet et ces itinéraires précis et calculés, alors je m'étais prévu minutieusement mon parcours pour être plus tranquille. J'avais fait au plus simple, Orléans, Tours, Poitiers, puis la N147 jusqu'à Bellac et enfin la D96 jusqu'à Saint-Junien-les-Combes. Finalement, ce n'était pas si compliqué. J'avais préparé les biberons, les couches de rechange et un sandwich pour moi, et couvert mon bébé comme un oignon. J'ai mis le couffin sur la banquette arrière et je suis partie en chantant des petites chansons pour qu'elle s'endorme. La route a été très facile, il neigeait un peu mais ce n'était pas du tout encombré. J'ai passé Orléans, j'ai passé Blois, j'ai passé Tours, j'ai passé Châtellerault, j'ai passé Poitiers, tout allait bien, j'étais très fière de moi. J'avais appréhendé ce voyage mais, en fait, il se déroulait le mieux du monde. Je me suis même amusée de traverser Niort, je me suis dit tiens c'est marrant, c'est donc là, Niort, parce que mon assureur il était de Niort. Je n'en avais plus que pour une heure avant de me mettre au coin du feu avec un bon verre à la main. Et puis tout d'un coup, j'ai vu un panneau qui m'a mis la puce à l'oreille : Oléron, 12 km. Ça m'étonnait, aussi, que ça se passe aussi facilement.

Menteuse

Ma femme ment comme un arracheur de dents. C'est toujours des petits mensonges blancs, jamais bien graves, des petits mensonges pour ne pas compliquer l'existence et éviter les discussions, esquiver les emmerdes. C'est une femme pleine de qualités mais qui vous glisse entre les doigts comme un serpent savonné. Elle ne supporte pas les conflits, les affrontements ou les explications, elle passe son temps à se débiner, à regarder ailleurs en sifflotant et à sourire comme si de rien n'était. Moi je ne dis jamais rien. Je sais qu'elle ment et je fais celui qui n'a rien vu. Elle sait que je sais qu'elle ment mais nous ne l'avons jamais évoqué ouvertement. C'est comme une langue muette que nous parlons tous les deux. Elle me raconte ses gros bobards et moi je la regarde avec sa fausse moustache en prenant l'air naturel du type qui n'a rien remarqué. Parfois ça donne des discussions un peu compliquées où je mens face à ses mensonges pour lui faire croire que je la crois alors qu'elle sait que je lui mens aussi. Il faut beaucoup s'aimer pour en arriver là. On fait ça tous les deux pour se préserver, pour ne pas se blesser inutilement, mais je dois avouer que ça me pèse beaucoup. Je passe ma vie à me contenir, à garder derrière mes dents l'envie de lui hurler d'arrêter de se foutre de ma gueule. Ça fait des années que je fais le dos rond, que je me tais alors que je pense le contraire de ce que je ne dis pas et que je tiens au bout de sa laisse une féroce envie de lui dire que je sais qu'elle me prend pour un con, des années que je joue le jeu parce que je l'aime. Mais hier, je sais pas ce qui m'a pris, peut-être un besoin de me rembourser d'un coup, de mettre le paquet une bonne fois pour toutes. Alors en rentrant du boulot je lui ai dit qu'il fallait que je lui parle. On s'est calmement assis sur le canapé du salon, l'un en face de l'autre, comme on le fait tous les soirs avec un verre de vin pour nous raconter nos journées. Je lui ai pris la main et je lui ai dit : Il faut que tu saches que je te trompe.

M’embrasser la première

J’ai dû embrasser une soixantaine de femmes dans ma vie. Eh bien je crois que, sur soixante fois, ça a dû arriver qu’une fois ou deux que ce soit la femme qui prenne l’initiative de m’embrasser. Une fois ou deux sur soixante, franchement c’est pas beaucoup. Aujourd’hui j’aimerais bien que ce soit elle qui décide de m’embrasser. J’en ai marre d’avoir à faire ça moi-même, d’avoir à choisir le meilleur moment, d’avoir à m’avancer en la regardant dans les yeux, à approcher mon visage du sien, à poser mes lèvres sur les siennes en prenant tout son corps entre mes bras. J’aimerais que ce soit elle qui fasse tout ça. Pour une fois j’aimerais être le spectateur, celui qui voit les choses venir à lui. J’en ai marre de faire le premier pas. Avec celle-là je le ferai pas, je me suis juré que je le ferai pas. C'est pas faute d'avoir envie, une envie à donner des coups de pied, mais je bougerai pas. Cette fois je bougerai pas. Je sais, je peux toujours attendre. L'éternité même.

Un homme à sa fenêtre

Ils sont une bonne dizaine à travailler sur ce chantier. Ce matin, ils sont arrivés à 7 h 48. J'étais en train de me préparer un café quand j'ai entendu les camions se garer. La journée semble chargée pour eux car ils n'ont pas tardé à s'y mettre. Il pleut des cordes et les ouvriers ne ménagent pas leurs efforts. Tout est parti en même temps, la perforeuse hydraulique, la pelleteuse, les marteaux-piqueurs, les scies électriques, tandis que la bétonnière attend à l'entrée, prête à se vider. Le bruit est assourdissant et le capharnaüm fait songer à un désastre de guerre. Je suis à ma fenêtre, je regarde ce groupe d'hommes s'affairer bruyamment sous la pluie tandis que je suis seul, au sec, et que ma vie est silencieuse.

Un mauvais circuit

Ok tu te mets là, face cam… profil droit… profil gauche… c'est toujours Karsky ton agent ? T'es libre le 28 ? Je vais pas revenir sur la situation, on te l'a déjà expliquée, allez vas-y. Attends, tu fais quoi là ? Ben je sors du champ comme c'est… Non non, tu sors pas du champ. Mais il y a écrit elle rentre dans le champ… Non tu sors pas du champ je te dis, tu restes là, allez vas-y. Je me mets de profil ? Y a écrit quoi dans les didascalies ? Qu'elle se met de profil. Alors tu te mets de profil. J'y vais ? Ben, oui t'y vas ! « Parce que le petit-déjeuner est le repas le plus important de la journée et que ma peau est mon capital beauté, je mange… » Non c'est pas je mange c'est je prends ! On la refait ! Pardon. « Parce que le petit-déjeuner est le repas le plus important de la journée et que ma peau est mon capital beauté, je prends tous les matins un yaourt Loréla au lait de brebis et aux extraits naturels de tilleul. Ma mine, j'y tiens ! » Mon teint ! Mon teint j'y tiens, putain, y a trois lignes c'est pas sorcier quand même ! Mon teint j'y tiens !! Bon on recommence ! « Parce que le petit-déjeuner est le repas le plus important de la journée et que ma peau est mon capital beauté, je prends tous les matins un yaourt Loréla au lait de brebis et aux extraits naturels de tilleul. Mon teint, j'y tiens ! » Bon ok, t'es pas obligée de prendre un air sinistre, on vend pas une concession dans un cimetière là, on vend un yaourt censé donner un joli teint, tu vois ce que je veux dire ?! Recommence ! « Parce que le petit-déjeuner est le repas le plus important de la journ... » Putain, mais c'est pas possible, tu veux pas la faire cette pub ou quoi ? Pourquoi t'es venue ? Fais un effort on n'y croit pas du tout là ! Oui mais là c'est parce que... Attends, je t'arrête tout de suite, vous êtes vingt-sept à défiler pour ce casting et moi je vais pas y passer un quart d'heure à chaque fois, j'ai pas le temps, alors ou tu y vas ou j'appelle la suivante mais tu me fais pas perdre mon temps. Non mais c'est parce que vous me... Je te quoi ? Je sais pas vous...

Putain mais t'es pas en séance chez ton psy là, allez !...

Non, effectivement, je n'étais pas en séance chez ma psy, ou plutôt je bossais pour les séances chez ma psy, pour lui amener de quoi faire son travail à elle et pouvoir la payer. Mais là, même mes séances du mardi matin m'apparurent complètement inutiles. Le peu d'argent que j'arrive à arracher à ce boulot de merde il serait bien plus utile à ma fille. Il serait bien plus utile à ma vie en chiffon sale plutôt que dans la poche de quelqu'un censé m'aider à la comprendre et à la supporter. Parce que, si c'était s'en prendre plein la gueule uniquement pour payer ce qui fait comprendre pourquoi on s'en prend plein la gueule, je m'étais manifestement confectionné un circuit qui ne fonctionnait pas.

Un dernier verre

Elle m'a dit qu'on l'avait retrouvé sur la corniche d'un immeuble haut de dix étages, complètement ivre, à 7 heures du matin, en train de danser avec les écouteurs de son iPod dans les oreilles. Elle m'a dit que c'est une voisine qui l'avait vu, qu'elle lui avait fait des grands signes pour qu'il descende et qu'elle avait eu très peur de le voir tomber. Elle m'a dit que la voisine était venue chez lui et que, entre-temps, il était parti, qu'elle avait fait le tour des bars du quartier et qu'elle l'avait retrouvé au comptoir de l'un d'entre eux, tenant à peine debout devant un demi. Elle m'a dit que cette voisine était une ex-alcoolique qui s'en était sortie et qu'elle avait réussi à le convaincre de se faire aider, d'arrêter de boire, et de se faire hospitaliser dans une clinique psychiatrique. Elle m'a dit qu'elle était rentrée précipitamment de Rome, qu'elle était allée le voir, qu'il était complètement abruti par les médicaments mais que cela n'entamait en rien son sens de la provocation puisqu'il portait une minijupe de joueuse de tennis, une paire de geta aux pieds et des lunettes aux verres jaune vif comme pour signifier que, tout alcoolique qu'il était, il n'avait rien à faire dans un tel établissement mais que, puisqu'on le mettait chez les fous, il se comportait comme tel. Elle m'a dit que les médecins avaient été catégoriques et qu'il fallait qu'il passe au moins trois mois dans un centre de désintoxication. Elle m'a dit que, maintenant, c'était la fin de l'innocence et j'ai baissé la tête en fermant les yeux. Elle a essayé de me prendre dans ses bras mais j'ai aussitôt attrapé mon verre pour m'y enfouir. Elle croyait que je tentais de faire diversion parce que c'était la fin de l'innocence, mais, à presque quarante ans, l'innocence était terminée depuis bien longtemps. Je ne baissais pas la tête parce que c'était la fin de l'innocence, je baissais la tête à cause de la vie de mon meilleur ami, et de la mienne. Je baissais la tête parce que nos vies étaient ridicules, ne menaient nulle part et qu'il était temps de payer son dernier verre.

Motörhead

Il est aussi doux et calme qu'un chat. Je n'ai jamais connu d'homme aussi discret et silencieux. Lorsqu'il lit, je ne l'entends même pas tourner les pages de son livre. Si je travaille dans mon bureau la porte ouverte, avec lui j'ai perdu l'habitude de la fermer, je me demande souvent s'il est sorti ou s'il est toujours dans l'appartement. Il parle bas et je n'ai pas le souvenir de l'avoir vu une seule fois hausser le ton ou s'énerver. Vivre avec lui est une caresse, tout est simple, fluide, il dénoue tout sans efforts ni complications. Il a la politesse des vieilles dames et ne médit pas des autres. Cet homme ne fait pas plus de bruit que de l'air. Pourtant, tous les soirs vers 11 heures, c'est comme un rite, il s'isole en disant qu'il a rendez-vous avec Lemmy. Il s'installe dans mon bureau ou dans la chambre avec son iPod et écoute de la musique. Pas n'importe quelle musique, du hard rock ou du metal. À un volume sonore tel que, même portes fermées, j'entends le grésillement qui vient des écouteurs. Un jour j'ai fait défiler la liste des groupes qu'il écoutait, Black Sabbath, Def Leppard, Saxon, Megadeth, Guns N' Roses, UFO, Anthrax, Scorpions, Iron Maiden, Deep Purple, Led Zeppelin, Metallica… et bien entendu son préféré, Motörhead. J'ai porté le casque à mes oreilles et j'ai réglé le son au niveau où il le met lui. Je n'ai pas tenu plus de quelques secondes. Quand je lui demande ce qu'il trouve à une telle musique, il me répond simplement : ce sont mes berceuses, ça me détend.

Brillant et beau

C'était à la sortie du métro Jourdain. Il était là, assis par terre avec un carton devant lui qui disait : un peu d'argent, une cigarette, un travail, un lit, j'ai besoin de tout. Je suis passée en baissant la tête. Je ne crois pas qu'il m'ait vue, enfin j'espère que non. On a été amants, il y a vingt ans de ça. Pas très longtemps, quelques mois. J'étais très amoureuse de lui, mais lui non, c'est le souvenir que j'en ai. C'était un garçon brillant et beau. Avec une amie, un soir, nous nous étions amusées à faire le classement de ceux dans notre entourage qui avaient le plus bel avenir devant eux. Il était arrivé en tête.

Housse de couette

Tu sais ce que je fais parfois, la nuit ? Je prends une housse de couette, je la remplis d'oreillers, je la mets dans mon lit et je fais comme si je me blottissais contre lui. Et tu vas me prendre pour une cinglée mais tu sais ce que j'ai fait l'année dernière ? Je suis allée voir un détective privé et j'ai payé trois mille huit cents euros pour tout savoir sur lui. J'ai même des photos. Il vit à Bordeaux dans une belle maison du quartier des Chartrons et il travaille pour un cabinet d'architecte, il a deux enfants de dix et sept ans et une femme qui est plus mince que moi et qui bosse pour un promoteur immobilier. Je ne sais pas avec combien ils vivent mais il a certainement oublié ce que c'est que de manger des pâtes tous les mois à partir du 22. Elle est plus jolie que moi aussi mais, elle, ça fait pas treize ans qu'elle pense à un homme jour et nuit, c'est pas terrible pour la ligne de se dire toute la sainte journée qu'on a raté l'homme de sa vie, crois-moi. Si je le croisais aujourd'hui, je suis certaine que je verrais dans ses yeux des choses qui me feraient pas plaisir. C'est moi qui devrais vivre à Bordeaux avec lui dans une belle maison avec des enfants. Je vais te dire une chose, les gens heureux ne le savent pas, mais la vie n'est pas juste.

Un divin gigot de sept heures

Apéritif :

– Alors, comment allez-vous ? Astrid m'a dit que vous montiez votre deuxième film ?...

– Je pars lundi pour Dehia, en cette saison c'est un vrai bonheur...

– Il y a toujours d'excellents whiskies chez Astrid...

– Mais il est ravissant ce vase, il vient d'où ?...

– Ils sont adorables, et lui est d'un drôle, beaucoup d'esprit...

– Oh non, Braquenié c'est d'un bourgeois !...

– Ils ont un petit foie gras absolument délicieux, et pour trois fois rien en plus...

– Mais Dubaï c'est fini, mon cher, c'est à Oulan-Bator que tout se fait maintenant !

– Vous savez ce qu'écrivait Suarès : « La grande œuvre d'art parle toujours de l'artiste, et le révèle »…

– Oh, c'est so Carole Bouquet !…

– Lamarche-Vadel ? C'est remarquable…

– Que voulez-vous, lorsque tout va bien, il faut beaucoup d'imagination pour souffrir…

– J'adooooore Yan Pei-Ming…

– Philippe me disait encore hier… oui, Sollers…

– Ah moi je suis plutôt parc à l'anglaise, les jardins à la française m'ennuient…

Dîner :

– Il est divin ce gigot de sept heures.

– Mais Ernest, ton verre est vide…

– Ah vous avez aimé ? moi j'ai trouvé ça décevant…

– Camille Laurens oui, mais Angot, franchement, non…

– Lui ? Ça fait dix ans qu'il ne fait plus rien…

– Il est laid le pauvre…

– Mais aujourd'hui tout le monde écrit…

– Moi il faudrait me payer pour retourner dans un tel endroit…

– Bien sûr, ça ne vaut pas la mise en scène d'Ostermeier…

– Et son dernier film alors, ce n'est pas rien tout de même...

– Oui d'accord mais enfin Des Forêts, Michon, Cixous !...

– Chez Ruquier il paraît qu'il était pathétique...

– Le problème c'est qu'on publie n'importe quoi...

– Elle est d'une vulgarité, une vraie charcutière...

– Sophie Calle, mwoui...

– On ne peut pas dire ça de Badiou, je regrette mais non non non, c'est un contresens énorme...

– Complètement creux...

– Oui, il y a Todorov...

– Soyons franc, c'est de la merde...

– J'ai trouvé ça d'un chiant...

– Que voulez-vous, à cinquante ans il n'a toujours pas fait sa révolution copernicienne !

– Mais comment peut-on soutenir un livre pareil... et dans *Le Monde* en plus...

– J'ai dîné une fois à côté de lui, il est repoussant...

– Elle est pas morte, elle ?...

– Mais ce n'est pas ça, la littérature érotique...

– Je le connais bien et je peux vous assurer que, dans la vie, il est tout le contraire...

– D'accord, mais admettez qu'elle est bandante...

Digestifs :
– Le jeudi soir, parfois, c'est amusant...
– Non, eux ensemble ?...
– Mais moi je suis ouverte à tout mon cher...
– ... et des seins...
– Je sais de source sûre que c'est un excellent coup...
– Moi je me suis toujours lovée dans la sexualité de mes amants...
– Avec lui on pourrait lire du Kant en version originale...
– Pourquoi les hommes détestent qu'on leur caresse l'anus ?...
– Il ne faut pas non plus que ce soit une saucisse de Morteau mais la taille, ça compte...
– Le sexe doit être une fête...
– Il paraît qu'il n'y a rien à en tirer...
– Moi, ce n'est pas un point G que j'ai, mais dix...
– Attention, si c'est mal fait c'est une catastrophe...
– Mais moi j'adore qu'on me caresse l'anus...
– Non, moi je n'avale pas systématiquement...

– Il faut reconnaître que, la sodomie, quand c'est bien fait...

– Maintenant je peux vous le dire, mais le vibromasseur, c'est très agréable...

Digestifs + digestifs + digestifs :

– Mais vous bandez, très cher...

– Ce n'est pas un cul, c'est un temple...

– Rien que du naturel, vous pouvez toucher...

– Allez viens...

– Mais pas ici tout de même...

– Je vous assure que vous allez être déçu...

– Mais non...

– Regarde-la cette salope, elle attend que ça...

– Y va se la faire, c'est sûr y va se la faire...

– Mon Dieu comme c'est doux...

– Tu es sûr d'avoir mis le verrou ?

– Oui.

– T'as des capotes ?

– Non.

– Non, on va se la faire...

– Ohhhh, quel organe...

– Mais où sont Pierre et Caroline ?

– Non, je vous en prie, après vous...

– Superbe, absolument superbe...

– Astrid... Astrid... T'as pas des capotes ?...

– Ah ! mais vous vous cachez, ma parole ! Regardez ces cachottiers, ils se cachent dans ma chambre…

– Décidez-vous messieurs…

– Comment tu veux que je te branle ?

– Ah non, pas sur mon chemisier !

– C'est pas ça, mais les hommes de ma génération n'ont pas l'habitude des sexes épilés.

– J'aimerais vivre dans un livre de Barbara Cartland…

Quand mon père me lisait du Rabelais

Tout petit, je devais avoir quatre ans, mon père nous faisait la lecture à mes frères et à moi, avant de nous coucher. Mais plutôt que de nous lire des histoires pour enfants, mon père nous lisait du Rabelais. Il sortait de la bibliothèque un énorme livre illustré, qui me semblait aussi lourd que moi, et nous nous blottissions contre lui. Je l'écoutais avec les yeux grands ouverts, deux doigts dans la bouche et un autre dans les trous de nez au cas où j'y trouverais quelque chose d'intéressant, et je ne me lassais jamais, en collant mon oreille contre sa poitrine, d'entendre sa voix chaude nous promener dans la vie de ces géants dont les problèmes intestinaux me réjouissaient. Je me souviens très bien que je riais à me tordre quand mon père imitait les pets de Gargantua en se pinçant la bouche. Je me souviens très bien que, lorsque j'étais là, sous son bras, je trouvais que la vie était formidable.

Courbevoie

J'ai commencé à travailler à quatorze ans. Je viens d'une famille pauvre mais je n'ai jamais eu faim. Chez les pauvres on mange beaucoup. De la merde, mais on en mange beaucoup. Aujourd'hui je suis un homme riche. Alors, s'il y a une chose sur laquelle je ne transige pas, c'est la qualité. Pour tout, je veux le meilleur. Mon thé noir, il vient de Londres, et mon thé vert, de Pékin. Je fais faire mes chemises sur mesure à Hongkong, mes chaussures à Milan, mes costumes à Paris. Je rapporte de Toronto mes bottes d'hiver ou mes parkas, et de Hawaii mes chemises sport d'été. Mes cigares viennent de Cuba, mon caviar beluga de Moscou, mes tapis d'Iran, mes lampes de Copenhague, mes soies de Hangzhou, mon cachemire de Mongolie, mes herbes de Provence de Saint-Tropez, mes jambons de Guijuelo dans la région de Salamanque et mes whiskies de la distillerie d'Ardbeg, en Écosse. Ce matin, dans ma voiture, je me suis aperçu que tout ce que j'avais dans ma vie venait de loin, sauf ma femme. Elle est de Courbevoie, comme moi.

Je me manquerai

Dans le wagon de métro qui me ramène chez moi je ne pense qu'à une chose, un verre de vin. J'ai envie de m'étendre et de boire un verre en fumant une cigarette. J'ai besoin que mon cerveau se vide comme une baignoire. Peut-être sera-t-elle là. Peut-être que non. Depuis que nous avons pris cette décision je ne sais jamais quand elle passera prendre ses affaires. Chaque fois que je rentre chez moi je m'attends à trouver des placards et des commodes vides.

À chacun de mes pas, une de mes chaussures fait un couinement qui me gêne. Il faut que je m'en rachète. Je décide d'attendre qu'elle soit définitivement partie pour m'acheter des boots que j'ai remarquées dans une boutique du quartier.

Dans l'escalier je croise notre voisin de palier, c'est le seul, dans tout l'immeuble, qui me tend la main pour me dire bonjour. Nous échangeons des paroles sur le temps qu'il fait et sur la chance que nous avons d'avoir une telle concierge.

À peine entré, son chat que j'ai fini par considérer comme le nôtre se frotte contre mes jambes et miaule pour m'accueillir. Je le prends dans mes bras et lui caresse le menton. Il ronronne les yeux fermés. Bientôt nous n'aurons plus cette complicité et il oubliera qui je suis.

Lui aussi me manquera. Tout me manquera. Cette vie à trois qui commençait à prendre un bon rythme et ce bonheur qui m'a effleuré les tempes pendant tout ce temps. Et elle. Et moi avec elle.

Je me manquerai sans elle.

Baignoire

Ça fait trente-deux ans que ma femme et moi sommes ensemble. Nous avons habité quatre appartements, tous avec des douches. Et ça fait trente-deux ans que nous rêvons d'une baignoire pour prendre nos bains ensemble. Une grande et profonde baignoire en fonte à pieds de lion, ou de ces baignoires d'angle comme celles de ces films porno hongrois des années quatre-vingt-dix, ou, le summum, une baignoire balnéo. On en a vu des centaines sur internet mais celle qui nous a fait le plus rêver, c'est la Romantica-A 32 jets entièrement équipée pour la balnéothérapie et la chromothérapie. Une merveille d'ingéniosité et de technologie. Deux appuie-têtes amovibles, un système de désinfection à l'ozone intégré, une pompe à eau de 1 100 watts et une pompe à air de 400 watts, douze jets d'eau, quatre turbobuses orientables, un panneau digital, une radio FM et ses haut-parleurs, une robinetterie thermostatique... et tout ça avec des dimensions d'empereur africain, 1 520 × 1 520 ! Ensemble sans s'écraser, une baignoire vraiment conçue pour deux en somme.

Il y a trois jours, on a emménagé dans notre nouveau logement. Je dis notre parce que, au bout de trente-deux ans, on s'est dit qu'on pouvait s'autoriser à devenir propriétaires. Mais le critère sur lequel on n'a pas transigé, ce n'est ni le quartier, ni l'étage, ni le plan, ni le calme, ni la lumière, c'est la baignoire. C'est pas une balnéo mais elle est magnifique. L'inclinaison est très confortable, elle fait 172 de longueur par 75 de largeur avec une belle profondeur pour avoir de l'eau jusqu'au cou. Mais même une baignoire sabot ça nous aurait fait plaisir. On a attendu d'avoir tout déballé et rangé pour prendre notre premier bain ensemble, on voulait pas bâcler ce moment-là, il fallait que ce soit un peu cérémoniel. Alors on a tamisé la lumière, on a mis des petites bougies un peu partout, on a jeté des sels dans l'eau. Elle avait fait couler un bain comme elle les aime. 40°. Trop chaud. J'ai pas pu rester plus de cinq minutes.

Persévérance

Je ne suis pas sûr d'avoir été un bon père. Je n'ai jamais su expliquer le courage, la volonté, la fidélité ou la loyauté à mon fils. Je n'ai jamais été très doué pour trouver les mots justes qui illustrent les qualités d'un homme. Je ne sais pas expliquer la vie, je ne comprends jamais rien aux complexités du langage. C'est sans doute une des raisons pour lesquelles j'aime la pêche, cette activité silencieuse et contemplative qui se passe d'explications. On ne se justifie pas d'aimer la pêche, c'est ainsi.

Il y a quelque temps, nous avons essayé de faire comprendre à notre fils de dix-sept ans ce qu'étaient la persévérance et l'opiniâtreté mais nous nous sommes heurtés à cet implacable bon sens des enfants qui, ne connaissant pas encore les nuances et les subtilités de l'existence, plaquent sur les choses des schémas arrêtés : Attendez, moi si j'essaie un truc six ou sept fois et que ça marche pas, j'insiste pas, c'est que je suis pas fait pour ça, point barre. Si j'ai pas le cerveau fait pour les maths, bon ben voilà, j'ai pas le cerveau fait pour les maths.

Le lendemain, je m'en souviens avec précision, c'était un 4 mai, je suis allé pêcher dans un nouveau trou de rivière que je n'avais pas encore exploré. Un endroit tranquille, suffisamment profond et entouré d'une végétation assez dense pour que les gros poissons puissent s'y cacher. Tout était réuni pour y attraper des truites, des barbeaux, des carpes ou, avec un peu de chance, des brochets. Ma première soirée fut infructueuse. La deuxième le fut tout autant. Ainsi que la troisième, la quatrième, la cinquième. Pendant deux mois, j'ai passé devant cette rivière tous mes samedis et mes dimanches soir. Et, chaque fois, je suis rentré bredouille. Au point que mon fils a fini par se moquer de mes retours renfrognés et boudeurs. Lorsque je rangeais mon matériel, il passait la tête avec le sourire satisfait de celui qui sait : Alors, toujours rien ? J'avais pourtant tout essayé, l'asticot, le ver canadien, le vif, la cuillère, la ligne de fond, en appâtant abondamment... Seize fois j'y suis retourné en me persuadant que je finirais par être plus malin que le poisson. Seize fois j'ai supporté le sourire ironique de ma femme et les blagues lourdingues de mon fils.

– Mais papa, pourquoi tu fais pas comme le père de Mathieu, lui il va pêcher dans l'étang de Mézé et il ramène chaque fois des carpes plus grosses que des raquettes de tennis.

– Je ne vais pas pêcher dans l'étang de Mézé parce que c'est un étang artificiel dans lequel la municipalité déverse du poisson trois fois par an pour attirer les pêcheurs en casquette Crédit mutuel et siège dépliant. Et puis les carpes c'est immangeable. Moi, je cherche des truites, du poisson sauvage et comestible, tu comprends la nuance ?

– Si c'est pour rien ramener, non, je comprends pas la nuance.

Et puis il y a eu la dix-septième fois.

Quand je suis rentré à la maison, à la nuit tombée, mon fils était dans sa chambre, sans doute en train de regarder des vidéos porno sur internet ou de chatter avec ses copains. Ma femme a eu la gentillesse de me faire croire qu'elle se réjouissait de ma prise. J'éprouvais au fond de moi l'apaisement de celui qui a réussi une traversée difficile et qui arrive enfin au port. Et j'ai passé ma nuit dans le fond clair et enchanté des rivières.

Le lendemain matin, mon fiston s'est levé vers 11 heures, une main cherchant dans son caleçon ce qui le préoccupait le plus et l'autre dans sa tignasse hirsute.

– 'lut, qu'est-ce qu'on mange à midi ?

– Du poisson, a répondu ma femme.

– Cool.

Quand, à table, il s'est jeté sur son assiette avec la voracité d'un fauve, je n'ai rien dit. Et puis, au bout d'un moment, il en a redemandé à sa mère et il a dit :

– L'est bon c'poisson, tu l'as acheté chez Mauger ?

– Non, c'est ton père qui l'a pêché hier.

Il m'a regardé comme si Pete Doherty en personne était assis en face de lui. J'ai juste eu un petit sourire, ce fameux petit sourire du type qui se contient pour ne pas faire exploser sa fierté.

– Nan ! C'est vrai p'pa ?

– Bien sûr que c'est vrai.

– C'est top.

– Tu comprends maintenant pourquoi je ne vais pas pêcher à l'étang de Mézé ?

– Grave que je comprends.

Et là, son visage s'est éclairé comme un feu de joie.

Je venais enfin de faire comprendre à mon fils ce que c'était que la persévérance. Je n'avais pas eu besoin pour ça d'un seul mot. Juste d'un poisson.

Angélus

Il y a bien des femmes qui se font remonter les seins, alors pourquoi pas ça ? Je t'assure que ce n'est plus possible, je commence vraiment à avoir du mal. J'ai longtemps pensé que je pourrais m'y habituer mais il faut bien admettre que ça me gêne. Alors, quand tu es nu, s'il te plaît, ne cours pas. Marche lentement, bien droit. Va vers le téléphone d'un pas serein, et si tu arrives trop tard ce n'est pas grave, il y a le répondeur. Je sais bien que tu n'y es pour rien, que beaucoup d'hommes sont comme toi, que c'est constitutionnel, mais moi, j'ai pas envie de voir tes couilles sonner l'angélus comme des cloches de Pâques.

Anniversaire

Ce n'est pas parce qu'on vit seul qu'il faut se laisser abattre. Moi, je n'ai plus de famille depuis longtemps et autant dire les choses telles qu'elles sont, je n'ai pas d'amis. Quant aux femmes, la dernière que j'ai eue dans ma vie, c'était il y a dix-sept ans. Je vis seul, donc, et, à part à mon travail, je ne vois jamais personne. Alors, mon anniversaire, je le fête tout seul. J'ai mon petit rituel depuis des années. Quelques jours avant la date, je m'achète un cadeau que je fais soigneusement envelopper dans du joli papier. Et une bouteille de whisky. Je rentre chez moi et je choisis une bonne cachette pour le cadeau. La maison est grande, je n'ai que l'embarras du choix. Je fais toujours attention à ce que ça ne soit pas trop simple à trouver, même si ce sont parfois des planques un peu vicieuses, mais c'est le jeu. Ensuite, le soir de mon anniversaire je me prépare un bon petit gueuleton, et après le dîner, lentement, en prenant tout le temps qu'il faut, je descends la bouteille de whisky. Et, une fois que je ne sais plus comment je m'appelle ni s'il fait jour ou nuit, je cherche mon cadeau. Cette année, je l'ai retrouvé. C'était un papillon épinglé dans une boîte. Je ne sais pas ce qui m'a pris de m'offrir un truc pareil.

Pas son genre

Un jour il y en a une qui m'a dit qu'il fallait que je me fasse soigner. Je sais que c'est pas normal mais c'est plus fort que moi. Dès que je vois une femme qui me plaît, il faut que je la drague. Le problème c'est que pratiquement toutes les femmes me plaisent, je t'assure, c'est vraiment rare que j'éprouve pas le besoin d'y aller. Je sais bien que parfois je suis un peu lourd mais si elles ont le malheur de prendre ça à la rigolade ou de rentrer un peu dans le jeu, y a plus rien qui peut m'arrêter. Parfois je me dis que celles qui me prennent pour un obsédé ont peut-être raison et qu'il faudrait que je consulte mais je vois pas où est la maladie, je fais rien de mal. Je suis pas toujours très finaud mais j'ai jamais forcé, j'ai jamais abusé. Qu'est-ce que tu veux, je peux pas me retenir, il faut que je tente ma chance. Même avec ta femme j'ai essayé. Mais je te rassure, elle a pas voulu. Je dois pas être son genre.

La paix des chiens

Je suis assis à cette table avec vous et je n'ai aucune envie de participer à votre conversation. Elle m'emmerde, votre conversation. Je n'ai pas vu le film dont vous parlez et je me contrefous de savoir si le cinéma français manque de créativité, d'envergure ou de je ne sais quoi. Le bœuf bourguignon n'est pas mauvais et cela me suffit amplement. Le vin aussi est bon. Je vais d'ailleurs descendre une bouteille sans que vous ne vous en aperceviez. Je vais me la siffler cette bouteille de médoc 86. Depuis le début du dîner je me ressers dès que mon verre est vide sans jamais en proposer à mes voisins de table. Je suis presque certain que personne ne l'a remarqué. En revanche, vous avez tous remarqué mon silence. Vous me découvrez taiseux, mais moi je le connais bien ce silence. J'en ai une très grande habitude et il me plaît. Alors que, vous, il vous étonne. De moi vous ne connaissez que le joyeux drille, celui qui imite les copains ou parle de sa vie avec beaucoup d'humour. Un type marrant, quoi.

La fin du dîner approche. Je suis assis à cette table avec vous et je désire être transparent, n'être plus que le contour de moi-même. Je m'écoute mastiquer et je n'entends plus ce que vous racontez. J'ai l'impression d'être un brave toutou vautré dans son coin. Vous ne faites plus vraiment attention à moi. Seulement quelques regards de temps en temps. Cela m'est très agréable. J'ai envie de me lever, de vous demander le silence et de vous dire un énorme merci. Juste ce mot. Merci. Puis me rasseoir.

Peut-être avez-vous compris qu'il fallait me foutre la paix. Cette paix dont on profite si rarement et que l'on respire les narines dilatées pour s'en imbiber jusqu'au moindre vaisseau. Cette paix que l'on accorde à un chien qui n'a pas envie de se faire caresser.

Tenir

Pendant quinze ans je crois qu'il y a eu plus de jours où j'ai eu des idées noires que de jours clairs et apaisés. Et pourtant je suis là. Je suis là parce que je me suis toujours dit que, tant que mes parents seraient vivants, je tiendrais. Mes parents sont toujours vivants, mais, comme nous tous, ils ne sont pas éternels.

Seulement voilà, depuis quelque temps, j'ai un enfant. Le problème s'est déplacé.

Ça va être long, mais je tiendrai.

Double peine

Quand j'attends une nouvelle importante, je me dis toujours que si la réponse est positive, je m'offrirai la dernière folie que j'ai repérée et que je n'ai pas osé m'acheter. J'ai fonctionné comme ça pendant des années. Le problème, c'est quand la réponse ne va pas dans le bon sens. Parce que, là, ça devient une double peine. Alors, depuis quelque temps, je fais l'inverse. Si on me répond non, je file sur mon scooter m'acheter une jolie petite robe ou une belle paire d'escarpins. Et depuis, non seulement je me fous qu'on me réponde oui ou non, mais en plus je trouve que la vie est beaucoup plus facile.

Insensible

C'est terrible, je n'éprouve plus rien. Ma femme n'est plus que le compagnon d'une route sans âme, une distante collègue de l'existence. Je ne ressens plus rien qui la concerne. Elle m'est devenue lointaine, totalement indifférente. Pendant longtemps, je me suis réveillé avant elle et j'ai regardé le jour se lever sur elle comme on tire doucement un drap sur un corps. Cela m'a si souvent ému. Maintenant, lorsque j'ouvre un œil, je me prends à rêver qu'elle ne se réveille pas. Hier ma femme s'est blessée en tombant de vélo, il a fallu l'amener d'urgence à l'hôpital, elle saignait abondamment, elle était affolée et je pouvais lire une douloureuse inquiétude sur son visage. Elle a pris mon calme pour de la force mentale ou un contrôle de la situation. Ce n'était rien de tout ça. Près de mon épaule, dans la voiture, elle pleurait et souffrait, et moi, je ne ressentais rien. J'ai la sensation d'être devenu un arbre.

Des rêves de chair rose

Ce soir, comme à peu près tous les soirs après le travail, tu passes à la supérette faire quelques courses. Il est 19 h 30 et les gens mâchouillent du chewing-gum à la menthe parce qu'ils ont faim. Tu croises à peu près les mêmes têtes que d'habitude, tu achètes à peu près les mêmes produits que d'habitude, tu es de bonne humeur, ce soir il y a *Les Galettes de Pont-Aven* à la télé. Tu remarques une femme de trente-cinq ans environ, brune, ni belle ni laide. Tu ne fais pas vraiment attention à elle, tu continues à inspecter les rayons consciencieusement. Tu la croises de nouveau, dans son panier il y a des yaourts à zéro pour cent, des plats allégés, quelques fruits et une bouteille de vin blanc. Tu as la sensation qu'elle te suit, elle est toujours sur tes pas. Et à la caisse, effectivement, elle est juste derrière toi. Elle a l'air un peu hébété, les traits de son visage sont tendus, elle te fixe. Tu soutiens son regard et puis tu vois que ses yeux commencent à s'embuer. Tu te dis merde elle va se mettre à chialer devant tout le monde et on va croire à une scène de ménage ou je ne sais quoi. Alors tu lui dis ça ne va pas ? Elle te répond je crois que j'ai besoin de parler à quelqu'un. Tu t'approches d'elle et lui prends la main qu'elle serre très fort. Tu lui dis ça va aller, ça va aller, ne vous inquiétez pas, on va payer et on va aller discuter un moment.

Tu l'attends à la sortie de la supérette et vous entrez dans le premier café venu. Là, elle commence un peu à se détendre. Tu fais tout ce qu'il faut pour être le plus doux, le plus affable possible, et ça porte ses fruits parce que, au bout d'un quart d'heure, elle sourit. Vous prenez un verre, puis un second, puis vous commandez des cacahuètes, puis la carte, puis une bouteille et, vers 10 heures, l'alcool vous a tous les deux un peu saoulés. Tu sens bien que tu pourrais rentrer avec cette fille mais tu sais aussi que, dès le lendemain, tu n'auras pas envie de la revoir et donc tu te demandes si c'est une bonne idée de passer la nuit avec elle. Elle a l'air fragile, à deux ou trois reprises pendant le dîner tu as noté des incohérences dans son discours, parfois elle te paraît un peu bizarre et en même temps elle est assez marrante, attachante. Tu finis par lui proposer de venir chez toi, elle te répond mais bien sûr. Sur le chemin elle te prend le bras, tu lui demandes si ça va mieux que dans la supérette, elle dit oui merci ça va beaucoup mieux, j'ai besoin de parler, ça m'apaise, sans ça je n'ai plus envie de rien, c'est ce qui déclenche tout chez moi, même le désir.

Maintenant vous êtes tous les deux dans ton lit à vous embrasser, à vous caresser, vous commencez à faire l'amour, puis soudain elle se retourne, elle veut que tu la prennes par-derrière, tu t'exécutes, et là elle te dit attends, elle se lève, va dans le salon, fouille dans son sac et revient avec un petit livre qu'elle te tend. Elle se remet en position, elle te dit viens et lis. Ce sont des poèmes de Pierre Louÿs. Elle te dit viens en moi et lis, ça m'aide. Tu n'en reviens pas, mais tu lis. Tu vas et viens en elle et tu lis. Pas facile de balancer son corps et de lire en même temps. Tu ânonnes plus que tu ne lis. « Oui… des… lèvres aussi, des… lèvres savou… reuses… mais d'une… chair plus tendre, et plus fra… gile encore… des rêves de… chair rose… à l'om… bre des poils…

d'or… » Tu te dis si on me voyait comme ça, franchement, si on me voyait comme ça, si mes copains me voyaient dans cette situation grotesque, tu les imagines se frappant la cuisse, hilares, s'essuyant les yeux de la paume de la main, te montrant du doigt, pliés en deux. Tu te dis merde, franchement merde, pourquoi les plus tordues c'est toujours pour moi. Soudain tu trouves ça ridicule, tu t'arrêtes et tu lui dis écoute, je suis désolé mais je peux pas… Mais si tu peux, mais si, j'y suis presque, allez viens, continue, s'il te plaît continue, encore un peu, j'y suis presque. Alors, comme tu es derrière elle tu grimaces de désespoir, tu as vraiment la gueule d'un type effondré, mais tu continues. « Des fleurs au… ssi, ahhh… des fleurs molles, mhmmm, des fleurs de nu… it, pétales délicats… ahhh, alourdis de ro… sée qui… ahhh, fléchissent pli… éééééés, sous la fleur é… puisééééée, ahaaa… »

Maintenant elle est allongée sur le ventre, elle reprend sa respiration, une main sur le visage et l'autre glissée par-dessous sur son sexe. Elle ne dit rien. Tu lui demandes si ça va. Elle ne répond pas. Puis, subitement, elle se lève, bon maintenant il faut que j'y aille, en s'habillant rapidement elle ajoute tu lis comme un pied, c'était nul. En moins de temps qu'il ne t'en faut pour réaliser que tu viens de faire l'amour avec une femme que tu ne connais pas en lui lisant du Pierre Louÿs, la porte de ton appartement claque sans même qu'elle t'ait dit au revoir. Tu es là, assis à poil sur le bord de ton lit, tu te lisses les paupières et tu te sens seul, con et seul, terriblement con et seul.

Une goutte d'huile sur un cœur ciré

– C'est tout l'effet que ça te fait ?

– Oui.

– Je t'annonce que je te quitte et tu ne trouves rien à dire ?

– Non.

– Mais tu as un cœur ou un bout de ferraille à la place ?

– J'ai un cœur.

– Tu sais pourquoi je te quitte ? Je te quitte parce que je ne peux plus supporter de te voir aussi résigné. Les choses te glissent dessus comme une goutte d'huile sur une toile cirée. Avant tu étais gai, drôle, tu étais intelligent. Depuis que tu as perdu ton boulot, j'ai l'impression de vivre avec un autiste ou un neurasthénique. Tu crois que tu es le seul au chômage aujourd'hui ? Il ne te vient pas à l'esprit de te battre, non ?

– Et toi, te serait-il déjà venu à l'esprit de m'aider, de comprendre que ce qui me concerne te concerne aussi ?

– Je ne peux pas faire les choses à ta place. Et puis j'en ai assez de te voir débraillé, pas rasé, avec l'œil vitreux parce que tu t'envoies trois bouteilles de vin par jour. Et ton haleine, tu y as pensé ? Tu crois que tu es désirable avec ton haleine de poivrot ?

– Et toi, tu crois que tu es désirable avec tes poils aux seins et ton gros cul ?

– Salaud. Je te signale que j'ai maigri.

– Je sais, depuis deux mois. Et tu as changé de parfum aussi.

– Ah, mais je suis ravie de voir que tu t'intéresses encore à moi !

– Je ne m'intéresse pas, je constate.

– Monsieur constate ! Eh bien oui j'ai maigri, je suis quelqu'un qui tient à rester désirable, moi.

– Je sais, tu es redevenue désirable depuis que tu as un amant.

– Et qu'est-ce qui te fait dire que j'ai un amant ?

– Tu as maigri et tu as changé de parfum.

– Monsieur est perspicace. Et si monsieur est si intelligent, peut-être va-t-il me dire depuis quand j'ai un amant ?

– Depuis trois mois environ.

– Et pourquoi trois mois plutôt que six ?

– Parce que ça fait cinq mois que nous n'avons pas fait l'amour.

– Et alors ?

– Et alors je sais que tu ne tiens pas plus de deux mois sans baiser.

Elle me regarde fixement. Son visage prend une expression que je ne lui connais pas, triste et tendre. Son regard devient profond, j'ai envie de m'y noyer, de plonger dans cet iris noir comme du goudron et de ne plus jamais en sortir. Sans que ses paupières ni ses lèvres ni son menton ne bougent, plusieurs larmes glissent sur ses joues et sur les ailes de son nez.

– La dernière fois que nous avons fait l'amour, c'était il y a un mois. Je n'ai pas perdu de poids, je n'ai pas changé de parfum, je n'ai pas d'amant, mais je te quitte parce que ton esprit est malade et que je ne peux plus rien pour toi, soupire-t-elle.

Nous nous levons ensemble et nous restons immobiles l'un face à l'autre, tétanisés par la peur de ne plus nous revoir. Nous prenons conscience chacun à notre façon que rien ne pourra plus jamais nous rapprocher.

– Prends-moi dans tes bras, dit-elle.

– Non, toi prends-moi dans les tiens.

– Non, toi.

– Non, toi.

Biographie

1966 : Naissance dans une roulotte entre Calcutta et Séville. Son père est vannier et se nomme Giuseppe. Sa mère est liseuse de bonne aventure et se nomme Maria del Mar. Enfance dans des terrains vagues et autour de feux de camp. Apprend à lire dans les boules de cristal et sur les cartes Michelin. Scolarité rêveuse et peu brillante qui se termine par quatre années de pensionnat chez les oratoriens.

1981 : Découvre les plaisirs de la pêche mais ne ramène jamais rien. S'obstinera toute sa vie.

1987 : Bac littéraire, il a vingt et un ans, c'est l'élève le plus âgé de l'établissement. Sa mère, qui y voit un miracle, se fait dès lors appeler Rita, en hommage à sainte Rita, patronne des causes désespérées.

1988 : Part vivre un an à Barcelone après avoir lu *La Marge* d'André Pieyre de Mandiargues.

1989 : Part vivre un an à Irkoutsk après avoir lu *Les Nuits de Sibérie* de Joseph Kessel.

1990 : Part vivre un an à Clichy après avoir lu *Jours tranquilles à Clichy* de Henry Miller.

1991 : À son retour, reprend l'entreprise paternelle de larcins en tout genre mais, faute de compétences, doit rapidement déposer le bilan et se mettre à travailler.

1992 : S'ensuit une longue période hors de prison qui l'affecte particulièrement et où il se met à écrire. Pendant quinze ans, il tente onze fois de se faire publier, à chaque envoi les éditeurs lui suggèrent de renoncer à l'écriture.

2007 : Sa première pièce, *Ne mets pas tes mains sur les portes, tu risques de te faire pincer très fort*, est montée au théâtre de la Manufacture des Abbesses et sera jouée six jours, faute de spectateurs.

2009 : Sortie de son premier roman, *La concierge est dans l'escalier*. Prix à Monaco. Déjeune à droite de Caroline de Hanovre. Il lui fait du pied mais elle ne réagit pas. Grande déception sentimentale.

2011 : Sortie de son deuxième roman, *Nos amis les chiens ne sont pas admis dans le magasin*. Prix

Louis-Barthou de l'Académie française. Il cherche sur internet qui est Louis Barthou.

2014 : Après une terrible confusion homonymique, son troisième roman, *À la Sainte-Catherine, tout prend racine*, décroche le Goncourt et provoque l'indignation parce que c'est Amélie Nothomb qui devait l'avoir.

2015 : Sa deuxième pièce, *Page réservée aux autorités compétentes*, écrite en 1998, est enfin montée parce que avoir le Goncourt vous ouvre des portes.

2016 à 2031 : Écrit un livre tous les deux ou trois ans environ et quelques pièces de théâtre mais intéresse de moins en moins le public et finit par sombrer dans l'oubli le plus total.

2022 : Écrit sa dernière œuvre dramatique, sans personnages, pour protester contre la difficulté à monter une pièce, qui ne sera jamais jouée.

2032 : Envoie son dernier roman, *Sortie de secours*, à un petit éditeur qui l'escroque. Malgré un contrat signé, le livre ne sera jamais publié.

2034 : S'installe sur l'île de Bornholm avec un chien.

2041 : Meurt en pêchant à côté de son chien. On retrouvera un saumon de douze kilos au bout de sa ligne.

Tout cela peut composer un homme

Je ne sais pas par quoi commencer. J'ai beaucoup aimé l'Espagne où j'ai habité et fait une vingtaine de voyages mais, comme on dit, j'en suis revenu. Je trouve injuste d'être chauve. Je déteste la foule. La technologie m'ennuie. J'ai besoin de calme. J'ai une fille de vingt-trois ans que je n'ai jamais connue. L'été, mon activité préférée est de me promener dans la campagne et de m'approcher au plus près des chevreuils. J'ai fait du saut à l'élastique. Je suis hypocondriaque, militant pour un parti politique, autoritaire, attentionné, susceptible, subdépressif, maigre, solitaire, paranoïaque, flegmatique, poli, orgueilleux, égoïste, fidèle, rêveur, cabot, taiseux, insomniaque, malin, buté, sans prétentions, cassant, moyennement intelligent, tendu, pragmatique, anxieux, maladroit, contemplatif, nostalgique, frileux, passionné, lent, impatient, indépendant, émotif, honnête, obsessionnel, irascible, caractériel, affamé, insatisfait et paresseux. J'ai peu d'amis, de l'autodérision, de la chance, de la compassion, de l'opiniâtreté, des désirs, de l'humour, du temps, des regrets, des hontes, de l'affection, des peurs, couché avec une femme en compagnie d'un ami, souvent faim, envie de gagner plus d'argent, passé une nuit au poste et fait soixante heures de TIG, dormi une semaine sur une plage parce que je n'avais pas de quoi me payer l'hôtel, été plongeur en cuisine, colleur d'affiches, magasinier, serveur, vendeur d'encyclopédies dans les plus pauvres banlieues catalanes et ventouse pour des tournages à Barcelone, j'ai reçu une fellation de la fille du maire de Cadaqués dans la chambre de Dalí à Port Lligat, et j'ai dîné avec Yul Brynner. J'ai été champion d'Île-de-France de pétanque. Un jour, une adolescente m'a annoncé dans un TGV Nantes-Paris que, juste avant de prendre le train, elle avait tué sa mère avec un .44 Magnum. Les gendarmes, que j'ai difficilement réussi à joindre, me l'ont confirmé. Enfant, je souffrais d'être le dernier, aujourd'hui je me réjouis souvent d'avoir deux frères aînés. Je ne manque jamais de caresser les tickets de métro entre mon index et mon majeur.

Copenhague est ma ville préférée. Les cœurs de palmier (notamment les bio de Monoprix), le jambon de Parme, les huîtres, les pêches blanches sont les nourritures que je préfère. L'eau et le rosé sec sont les boissons que je préfère. J'ai aimé ma vingtaine, je n'ai pas aimé ma trentaine. Je trouve complètement stupides les gens qui disent ça, c'est de la littérature. J'ai vu tous les films de Pasolini. Je ne pourrais jamais vivre ailleurs qu'à Paris. Je suis heureux d'avoir eu un prix à l'Académie française parce que je crois que cela a fait plaisir à mon père. J'ai besoin de lumière. J'ai vécu pendant trois ans et demi un amour passionnel avec une Danoise mais nous n'arrêtions pas de nous engueuler et je le regrette. Je sais nommer une cinquantaine d'arbres. Je suis presque toujours fatigué le matin, rarement le soir. J'ai fait seul la traversée Barcelone-Formentera dans un monocoque Rush de 9,30 m. Je prends du Stilnox pour dormir depuis presque quinze ans. Je suis mal à l'aise quand des gens me font des compliments sur mes livres. Jouer au Tetris me détend parce que je ne pense à rien. J'aimerais rendre ma mère heureuse et j'aimerais qu'elle souffre moins. Je pleure souvent quand j'écoute de la musique au casque. Je suis fasciné par les étalages des boucheries et des poissonneries. Motörhead est mon groupe de rock préféré. J'aime des écrivains tels qu'Édouard Levé, Jean Clair, Grégoire Bouillier, Jean-Luc Bitton, Anthony Palou ou Marc Villard. J'aime une femme qui s'appelle Charlotte. Je suis heureux avec elle parce que son amour est très doux et qu'elle me laisse être moi-même. J'apprécie d'autant plus d'être heureux que je ne l'ai pas été souvent dans ma vie. La dernière fois que j'ai éprouvé cela, j'avais vingt-huit ans.

Peu importe si ce que je viens d'énoncer est vrai ou faux, ce qui compte, c'est que tout cela peut composer un homme.

La dernière nuit

Chaque fois que je termine un livre, c'est la même chose, le même rituel. Et j'imagine toujours que pour un maçon qui finit un mur, un menuisier, une porte, un jardinier, un potager ou un garagiste qui a redonné vie à une vieille TR3, ça doit être pareil. Il faut un moment au calme, juste entre soi et ce qui vient d'être achevé afin que les choses s'imprègnent et prennent leur place. Chaque fois que je finis un livre, je reste dans le noir, la nuit, à côté du manuscrit, et je fume des cigarettes en regardant le ciel au-dessus des cheminées. Ça peut durer deux, trois, quatre heures. Je ne relis pas. Je ne tente pas de le corriger même si je le sais imparfait. Je ne fais rien d'autre que de rester assis à côté de lui. Je nous laisse venir l'un à l'autre tels que nous sommes. Je l'accueille. Je passe la nuit à côté de mon livre. La dernière.

Remerciements

Merci à Jean-Paul Dubois qui fut le premier à me soutenir, porte sur mes livres un regard bienveillant et dont les histoires aéroportuaires auraient parfaitement leur place dans ce recueil, à Pierre Demarty pour son optimisme presque contagieux et sa foi de croisé parti conquérir les terres impies de l'édition et à Manuel Carcassonne pour être l'éditeur qui publie plus vite que son ombre.

Table

Cet ouvrage a été composé
par PCA à Rezé (Loire-Atlantique)
et achevé d'imprimer en avril 2014
sur Roto-Page
par l'Imprimerie Floch
à Mayenne
pour le compte des Éditions Stock
31, rue de Fleurus, 75006 Paris

Imprimé en France

Dépôt légal : mai 2014
N° d'édition : 01 – N° d'impression : 86831
17-51-4445/8